ANDROIDEN I SPEGELN

NOVELLSAMLING

EVA HOLMQUIST

Ordspira förlag

Böcker av Eva Holmquist

Fyrstaden
Kimya

Kattskiftarna i Jönköping
Blodskifte

Gallus
Attentaten i Gallus
Gallus brinner
Ur askan av Gallus

Diligentia
Kedjor känns bara när du rör dig
Det är inte så lätt som du tror
Hoppa så fångar jag

Vailao
Förlora för att vinna

Novellsamlingar
Ödeland

Ordspira Förlag, www.ordspiran.se
Illustratör: grandfailure
Omslagsdesign: Ordspira Förlag

ISBN: 978-91-88381-80-4

EN ANNAN DAG
EVA HOLMQUIST

Beskrivning En annan dag

Bella är en android som finns till för att tjäna. Enligt människor är sådana som hon inte kapabla att känna, tycka eller vilja.

Bella tycker dock en hel massa. Hon känner, hon vill och hon är förälskad. I Tom, som också är en android.

Bella lever dagligen med verbala övergrepp från människor. Verbala övergrepp som måste accepteras eftersom hotet att skickas till förbränningsugnen är ständigt närvarande.

Men en dag händer något som gör att Bella inte längre kan fortsätta på samma sätt. Hon måste göra ett val som kan innebära skillnaden mellan liv och död ...

En annan dag

Bella tvingade sig själv att le när hon böjde sig över kvinnan i första klass på lyxexpressen. Hon hade hojtat Ada efter henne under hela resan och hon började bli trött på alla order. Hon skulle kräkas om hon blev kallad för Ada ytterligare en gång.

"Vad kan jag hjälpa dig med, Frun?"

"Det var på tiden, Ada", sa kvinnan och snörpte ihop läpparna. "Jag har betalat mycket pengar för att åka med lyxexpressen och förväntar mig bästa servicen."

"Naturligtvis, Frun."

Hon fick ont i käkarna av sitt falska leende.

"Jag har ringt i en minut", sa kvinnan. "Det är inte acceptabelt. Sköter du dig inte bättre ser jag till att du blir utbytt. Med den dåliga servicen är du säkert felprogrammerad och din rätta plats är i förbränningsugnen."

Bella kände hur hon blev stel i hela kroppen vid hotet. För kvinnan var hon bara en Ada i mängden som kunde bytas ut lika lätt som en trasig lampa, men för henne skulle det betyda döden.

"Jag vet inte vad du sysslar med", sa kvinnan och viftade med kontrollen. Hon hade signalerat assistans oavbrutet ända sedan de lämnade Paris.

Bella drog ett djupt andetag för att lugna sig. Hon hade kunnat påpeka att det var ganska uppenbart vad hon gjort. Hon hade varit hos passageraren framför och serverat lyxexpressens specialdrink som tog exakt fem minuter att tillreda, men det var ingen idé så hon sa istället:

”Vad kan jag hjälpa till med?”

”Fäll sätet lite till.”

Istället för att för hundrade gången förklara hur ett enkelt knapptryck kunde göra det så fällde Bella sätet lite till.

”Är det bra så?” frågade hon mellan sammanbitna tänder.

”Ja”, sa kvinnan och slöt ögonen.

Hon fångade Toms blick över sätena. Han var oklanderligt klädd i smokingen som av någon anledning var standarduniformen för alla manliga uppassare på lyxexpressen. Han hade en varm handduk i handen. Den ilskna mannen i fåtöljen nedanför försökte förgäves nå den.

”Charles”, sa mannen ilsket, men Tom reagerade inte på sitt tjänstenamn.

Så log han mot henne och formade läpparna till en puss. Hon blev varm i hela kroppen. Toms ankomst hade förändrat hennes liv. När de jobbade sida vid sida kändes livet som om det trots allt hade en mening. Han räckte över handduken till mannen som ryckte till sig den.

”Varsågod, Herrn.”

Ett vasst stick fick Bella att hoppa till.

”Titta”, sa ungen i fåtöljen bakom. ”Hon blöder.”

Det sved i låret och när hon tog med handen mot såret fick hon blod på fingrarna. Hon slet upp asken från fickan på förklädet. Med ett skrammel föll locket på golvet när hon ryckte fram sårslutaren och sprejade.

”Häftigt”, sa ungen och skrattade förtjust. ”En android som blöder.”

”Det gör alla androider”, sa hans pappa utan att lyfta blicken från nyhetsskärmen. ”Det är för att vi inte ska besväras av att de ser alltför mycket ut som maskiner.”

Det sved i ögonen, men hon tänkte inte gråta inför dem. De visste mycket väl att hon var gjord av kött och blod trots sin elektroniska hjärna. Hon kunde inte förstå varför varenda unge skulle plåga henne för det. Det var inte första gången en passagerare valt att handgripligt testa att skära i henne.

När hon såg upp fann hon Toms ögon vila på henne. Han såg bekymrad ut. Det mörka håret hade glidit ner i ögonen igen, men han verkade inte lägga märke till det. Han hade knutit händerna så hårt att knogarna vitnat. Hon tvingade sig att le mot honom. Han slappnade av och ögonblicket var över.

Resten av resan gick i ett töcken där hon försökte fokusera på att göra vad som förväntades. Det var med en suck av lättnad hon såg dörren glida igen när de släppt av alla passagerarna i New York. Nu hade de vagnen för sig själva.

"Hur känner du dig?" undrade Tom bakom hennes rygg.

Han la armarna om henne så hon kunde luta huvudet mot hans bröst.

"Trött", sa hon och gned sina värkande ögon.

"Vi kan vila när vi städat upp", sa han och gav henne en snabb smekning på kinden. "Då hittar vi på något skoj du och jag."

Hon kunde inte låta bli att le. Tom visste precis hur han skulle muntra upp henne. Han var det bästa som hänt henne.

De arbetade tysta sida vid sida. De stoppade undan plädarna i sin förvaring, stängde av nyhetsskärmarna, slängde drinkglasen i återvinnaren, spolade ner handdukarna i tvättröret och putsade hela vagnen med en fuktig trasa.

Det var en stor fläck efter godisdrinken som ungen slängt på väggen.

"Det här är fånigt", sa Bella när hon gnidit på fläcken i fem minuter. "Det finns mycket effektivare sätt att rengöra vagnen på."

"De vill ha samma lyxkänsla som när de hade tjänstefolk som passade upp på dem", sa Tom och spolade ner sin trasa.

"Tjänstefolk har inte funnits på hundratals år."

"Nej", sa han, "men de vill ha den lyxen och är beredda att betala för det. Om bolaget lyckas återskapa den tiden så tjänar de mängder."

"Det är orättvist. Varför ska jag ägna hela mitt liv åt att passa upp på idioter?"

"För att du byggdes för det", sa Charles när han kom in i vagnen.

Han hette säkert inte Charles. Bella hade aldrig hört hans riktiga namn, eftersom han envisades med att om bolaget ville att han skulle heta Charles så var det hans namn. Han var den enda som Bella träffat som hade orange hår och fräknar över hela ansiktet, men han tålde inte att någon sa något om hans utseende.

Han ryckte trasan från henne och spolade ner den.

"Vi är klara", sa han och vände sig mot Tom. "Charles, låt henne inte prata dumheter. Om vi inte ser upp blir vi alla kastade i förbränningsugnen. Bolaget skulle inte tveka om de hörde vad hon sa."

Tom svarade inte, trots att han säkert inte uppskattade att kallas vid tjänstenamn mer än vad Bella gjorde det.

Charles lät blicken glida runt vagnen med rynkade ögonbryn.

"Bra. Ni är klara", sa han. "Kom nu. Vi har inte lång stund på oss."

Bella stod kvar tills han lämnat vagnen.

"Tycker du också att jag ska hålla tyst?"

Tom tog ett steg fram och strök bort håret från hennes ögon.

"Nej", sa han. "Då skulle du inte vara du och jag älskar dig som du är."

Bella svalde. Ansiktet hettade. Han närmade sig sakta. Kyssen fick det att pirra i hela kroppen. När han släppte henne kändes det som om hon föll. Han la armen om hennes midja.

"Kom", sa han. "De andra väntar."

Det var bara en månad sen Tom börjat arbeta i hennes vagn och förutom att han var snygg hade han alltid varit snäll mot henne. De hade flirtat ända sedan han börjat och hunnit utbyta många kyssar när de andra inte såg, men det här var första gången han sagt att han älskade henne.

När de kom in i servicevagnen var den fylld av uppassare som med snabb takt stoppade i sig energigröt. Det fanns knappt något utrymme att sitta på utan de flesta stod upp, men Charles hade naturligtvis lyckats få tag på en av de få stolarna till sig själv. Tess vinkade till henne, men var för långt bort för att det skulle gå att prata. Annars var Tess den närmaste vän Bella hade. Med sina långa ben och sitt ljusa hår var hon flitigt uppvaktad, men Bella uppskattade hennes skämt som ofta fått dem båda att rulla runt på golvet av skratt. Bella vinkade tillbaka och höjde åtta fingrar för att visa att de kunde träffas efter åtta när skiftet var slut.

Tom fyllde en kopp till henne och tog sedan en till sig själv.

"Kom", sa han och gick mot utgången.

"Vart ska ni?" frågade Charles och ställde ner sin kopp med en smäll.

De andra tystnade och stirrade mot dem.

"Oroa dig inte för det", sa Tom och tog hennes hand.

Charles studsade upp från stolen och ställde sig i vägen.

"Det blir vårt problem om ni ställer till bekymmer."

"Vadå för bekymmer?" sa Bella.

"Dina idéer om rättvisa", sa han och la armarna i kors. "De är bara dumheter. Vi kommer aldrig ses som lika mycket värda. Vi är androider. Om du inte håller tyst kastar de oss alla i förbränningsugnen och tar ombord en ny besättning."

"Så då tycker du att vi ska acceptera att de ser oss som andra klassens medborgare?"

"Vi är inga medborgare", sa han. "När ska du fatta det? Vi är inte som dem."

"Jag tänker", sa Bella mellan sammanbitna käkar, "känner

och blöder som dem. Varför skulle jag vara annorlunda?"

"Vi är gjorda för att efterlikna människor", sa han. "Det gör oss inte till människor."

Tom knuffade Charles åt sidan och drog med Bella ut genom dörren.

"Det är inte lönt att bråka med honom", sa han.

Bella suckade och tog en sked av energigröten. Hon visste att han hade rätt, men varje gång trillade hon i argumentationsfällan i alla fall.

"Vad var det för skoj vi skulle hitta på?" frågade hon.

Han log mot henne.

"Du ska få se", sa han. "Följ med."

Tom gick i snabb takt genom vagnarna. De såg alla ut som den de själva arbetade i med bekväma fåtöljer, en smal gång och luckor in till handdukar, plädar, förfriskningar och annat. De var snart i den sista vagnen och kom ut i ett litet utrymme längst bak. Där fanns knappt ståplats för två så de fick stå tätt tillsammans. Hade han tänkt att de skulle ägna tiden innan passagerarna släpptes på till att hångla? Men det hade de ju lika gärna kunnat göra i sin egen vagn med betydligt större plats. Tom gav henne en kram och pussade henne på pannan. Sedan började han plocka med en av luckorna på väggen. Ur fingret dök en skruvmejsel upp som han använde för att få loss skruvarna från luckan. När han lossat den sänkte han den försiktigt ner på golvet. Bakom fanns en skärm, knappar och flera hål för kontakter. Hon förstod inte vad de skulle göra med dem.

"Vid ändhållplatserna kommer lyxexpressen upp från transatlanttunneln", sa han.

Hon drog efter andan. Tänk om de kunnat gå ut. Då skulle de få se något nytt. Det enda hon mindes var uppväxten i androidfarmen och den låg också under jord. Hon hade aldrig varit utomhus.

"Men vi kan inte komma ut", sa hon med svag röst.

Tom böjde sig fram mot henne och pussade henne. Hans läppar smakade av energigröten som de stoppat i sig på vägen och av något annat som bara smakade som honom.

"Nu kan vi", sa han, skruvmejseln gled in i fingret och ut kom en kontakt istället.

När kontakten trycktes in, började bokstäver flyta fram över skärmen i rask takt.

"Men hur kan du?" frågade Bella häpet.

Det var inte standardutrustning för besättningen. Själv hade hon inga inbyggda verktyg.

"Jag var serviceandroid tidigare", sa Tom samtidigt som ett högt pling hördes och en stege fälldes ner från taket. "Jag kan komma åt vilken dator jag vill."

Han böjde sig fram och kysste henne. Det snurrade i huvudet som den gången hon hade druckit lyxexpressens specialdrink för att hon ville veta hur den smakade. Innan hon hann luta sig fram och verkligen njuta av kyssen släppte han henne.

"Kom", sa han. "Nu ska du få se utsidan."

Det var spännande, men ändå lite skrämmande. Hur såg det ut? Utan att ge sig tid att tänka efter tog hon tag i stegen och klättrade upp. Tom följde tätt efter. När hon närmade sig taket gled en lucka upp och hon kunde se blå himmel med tjocka vita moln med gråa undersidor mellan höga torn. När hon stack upp huvudet blåste vinden undan håret och doften av blommor sköljde över henne. Hon fick ännu mer bråttom och snart satt hon bredvid Tom uppe på lyxexpressens tak. De befann sig högt uppe i luften. Lyxexpressen hade följt ett spår som gick i en hög bana upp till ett av de höga tornen. På båda sidan om byggnaden kunde hon se flera höga torn. De blänkte i solen och speglade omgivningen så att det såg ut att vara en skog med höga torn. Tittade hon bakåt kunde hon se lyxexpressen och bakom den ringlade sig rälsen neråt. Till vänster fanns en platt yta där små privatrymdskepp var parkerade i långa rader. Om hon ansträngde ögonen kunde hon se start- och landningsplattan. De stora rymdskeppen fick inte starta så här nära staden. När hon vred huvudet framåt drog hon efter andan. Lyxexpressen tog slut och åt det hållet låg en park fylld med blommande buskar, svindlande gröna kullar och fantasieggande små stigar.

"Det är underbart", sa hon.

Tom la armen om henne.

"Jag tror inte att du förstår hur fantastisk du är", sa han och såg henne djupt in i ögonen. "Du står för vad du tycker alldeles oavsett vilka hinder du ställs inför."

Hon log.

"Du är nog den enda som uppskattar det."

Hon kröp intill honom.

"Jag önskar bara", sa hon lågt, "att vi kunde ha ett eget liv någon helt annanstans."

"Det kommer vi att få", sa Tom. "En annan dag."

Hon följde hans käklinje med pekfingret. Greppet om henne blev hårdare. En hög ljudsignal fick dem att hoppa till.

"Det är snart dags", sa Bella. "Vi måste skynda oss."

En kvart senare var de iväg med ett nytt gäng passagerare. Bella kunde inte låta bli att tänka på utsidan och Toms ord så det var knappt hon registrerade vad passagerarna sa. Som en robot rörde hon sig i den smala gången med ett fånigt leende på läpparna. Med jämna mellanrum möttes deras blickar över passagerarnas huvud. Det var först när en godisdrink exploderade i hennes ansikte som hon vaknade upp till verkligheten. Ett våldsamt gapskratt.

"Åh", kved ungen framför henne. "Så kul hon såg ut."

Och så exploderade han i ett gapskratt igen. Plötsligt stod Tom bredvid henne.

"Smutstvätt", sa han med ett entonigt tonfall. "Måste tvättas."

Så lyfte han upp ungen som tystnade och började kämpa för att komma loss.

"Vad gör du?" skrek mamman som fick liv. "Han är ingen tvätt. Det är min son."

"Förlåt", sa Tom med samma entoniga tonläge och släppte ner pojken på golvet. "Tog fel."

Bella kämpade för att hålla sig för skratt samtidigt som en tyngd landade i magen. Han kunde bli dödad för det här. Så snabbt hon kunde rörde hon ihop en ny godisdrink och räckte till ungen.

"Varsågod, Herrn", sa hon.

"Tack Ada", sa mamman och satte sig betydligt lugnare ner igen.

Tom blinkade åt Bella och hon kunde inte låta bli att le tillbaka.

Snart var det lugnt igen även om ungen blängde mot både Bella och Tom så fort han fick chansen. När hon skulle hämta en pläd till en av passagerarna och Tom hämtade en varm handduk, stack hon in huvudet bredvid hans.

"Inte det smartaste du kunde göra", sa hon tyst för att inte passagerarna skulle höra.

"Nej", sa han, "men jag blev arg. Hon anmäler oss nog inte."

Han kastade en blick mot deras säten och fick en utsträckt tunga till svar.

"Men se upp med ungen", sa han.

Färden kändes dubbelt så lång som i vanliga fall när hon hela tiden hade uppmärksamheten på ungen. Hon var misstänksam mot det skadeglada leendet. Händerna darrade medan hon ordnade specialdrinkar, tog fram plädar, plockade undan dem igen, ställde fram skålar med kanderade rödalger och gjorde allt annat som passagerarna kom på att kräva från henne. Det var med en suck av lättnad hon noterade att lyxexpressen anlänt till Paris. Passagerarna började samla ihop sina saker och lämna expressen, men ungen dröjde sig kvar. Han fipplade med något som såg ut som en penna och Bella tog ett steg närmare. Hon ville verkligen inte skrubba vagnen om han fick för sig att spruta färg. Tom närmade sig bakom henne. Ungen flinade och lyfte upp handen samtidigt som han tryckte på undersidan av pennan. En duns hördes bakom Bella. Tom hade kollapsat och låg livlös på golvet. Bella blev alldeles kall.

Ungens pappa steg fram och slet pennan eller vad sjutton det var för något från pojken.

"Var försiktig med EMP:n", sa han med hög röst. "Den är bara till självförsvar."

Han vände sig mot Bella.

"Jag är ledsen", sa han. "Han menade inte att skada utrustningen. Vi betalar naturligtvis ersättningskostnaden."

Sedan försvann de ut och Bella var ensam. Hon skakade i hela kroppen. Det kunde inte vara sant. Huvudet bultade. Hon satte sig hastigt ner och la fingrarna mot Toms läppar. Hon kunde inte känna några andetag. Var han död eller kunde han lagas? Hon visste inte. Med ens fick hon bråttom och rusade in i nästa vagn där de städade för fullt. Hon kände hur tårarna rann nerför kinderna, men hon brydde sig inte.

"Vad har hänt?" undrade Charles.

Han var inte den hon skulle valt att få hjälp av, men nu spelade det ingen roll.

"Ungen hade en EMP", sa hon och svalde. "Jag tror Tom är död."

Sen brast det och hon fick inte fram ett ljud mer för snyftningarna.

Charles släppte pläden han hade i handen och gick bort till änden av vagnen.

"Förhoppningsvis har inte elektroniken förstörts", sa han och drog fram en väska under fåtöljen. "Vi kanske kan starta upp honom igen om inte gränssnittet mot de biologiska komponenterna skadats."

Bella kände sig svimfärdig, men hon lyckades få stopp på snyftandet. Händerna darrade ännu värre än tidigare och hjärtat slog hårt. Tyst följde hon efter in till sin egen vagn. Charles plockade upp en tjock pinne med diverse knappar på och stack in den i nacken på Tom som efter en kort stund började röra på sig och snart satt upp.

"Hur mår du Charles?" frågade deras kollega.

"Tom heter jag", sa Tom. Han slöt ögonen och öppnade dem igen. "Alla funktioner är återställda."

"Tur jag fick igång dig så snart", sa Charles. "En längre stund hade orsakat större skador."

Han stängde igen väskan. Innan han gick vände han sig mot Bella.

"Det var tur att du var tillräckligt långt bort för att inte påverkas", sa han.

De satt tysta en lång stund efter att han gått.

"Men det var du inte", sa Tom till slut. "Du var närmare än mig."

Bella nickade. Det snurrade i huvudet. De borde börja med städarbetet, men hon var helt slut.

"Vet du vad det innebär?" sa Tom och hjälpte henne upp.

Han verkade helt återställd.

"Du är ingen android", sa han.

"Hur är det möjligt?"

"Det måste ha blivit en förväxling mellan androidfarmen och barnhemmet", sa Tom. "För att den elektroniska hjärnan ska växa ihop med kroppen krävs att vi får tid att växa upp precis som för ett barn. De måste ha förväxlat ett androidbarn med ett människobarn. Androidfarmen och barnhemmet ligger vägg i vägg."

"Hur vet du det?"

"Jag gjorde service på deras datorer för något år sedan", sa han.

Bella stirrade på honom. Han hade upplevt så mycket mer än henne. Hur blev en servicerobot till en tjänsterobot? En servicerobot var mycket mer avancerad.

"Du kan lämna vagnen och skapa dig ett nytt liv någon annanstans", sa Tom. "Det är bara androider som stoppas vid utgången."

Hon lyfte på huvudet och tittade mot utgången. Hon kände sig förvirrad. Det hade hänt alldeles för mycket på alldeles för kort tid. Hon var en människa. Det var ofattbart.

"Då finns det en android därute som tror att hon är människa", sa hon.

"Antagligen", sa Tom, "men hörde du vad jag sa. Du kan skapa dig ett nytt liv. Idag är en annan dag för dig."

"Hur då?" sa hon och vände sig mot honom. "Jag vet inget om världen därute."

"Den är inte så farlig", sa Tom. "I alla fall inte om du är människa."

Hon kunde inte se att han nyss legat livlös på golvet. Han såg ut som vanligt med de varma ögonen. Hon sträckte sig upp på tå och kysste honom på munnen.

"Jag hör hemma med dig", sa hon. "Antingen går vi båda ut genom den dörren eller också gör ingen av oss det. Det måste finnas ett sätt."

Tom skakade på huvudet.

"Det finns en spärr för androider", sa han. "Dörren släpper inte igenom mig."

"Du sa att du kunde komma åt vilken dator som du ville", sa Bella.

"Ja", sa Tom. "De har inte tagit bort mina rättigheter."

"Då måste du kunna ta bort spärren."

Tom öppnade munnen som om han tänkte svara, men stängde den igen. Han bet sig i läppen. Sedan snurrade han fram skruvmejseln igen och tog bort skruvarna från en av panelerna bredvid dörren. Här fanns också en skärm, knappar och kontakter. Han ställde ner panelen på golvet och tittade på skärmen med huvudet lätt på sned.

"Jag kan antagligen ta bort spärren en kort stund", sa han.

"Vad innebär det?"

"Vi kan inte få med någon annan."

Bella drog ett djupt andetag. Hon tänkte på Tess. Det var inte rättvist att lämna henne.

"Du har bättre förutsättningar själv", sa Tom. "De är inte lika misstänksamma mot människor. Jag kan också täcka för dig så det tar längre tid innan de upptäcker att du försvunnit."

Hjärtat slog hårt.

"Du kan spara pengar och köpa loss mig", sa Tom med ett konstigt tonfall.

Bella försökte möta hans blick, men han vek undan blicken. Kunde hon köpa loss honom? Var det ens möjligt? Hon kunde tänka sig att lämna sina vänner bakom sig, men Tom var annorlunda. Utan honom kände hon sig inte hel. Dessutom hade hon ingen aning om hur hon skulle överleva i världen utanför lyxexpressen och Tom verkade veta betydligt mer än henne.

"Du sa att de inte tagit bort dina rättigheter", sa hon.

Han nickade.

"Hur omfattande rättigheter har du?"

Han skrattade plötsligt.

"Betydligt mer omfattande än någon inser", sa han.

"Då måste vi ha bättre chanser tillsammans", sa Bella. "Häv spärren."

Tom tittade på henne en lång stund som om han ville vara säker på att hon menade det. Sedan vände han sig mot skärmen igen. Hennes mun var torr och hon hällde i sig en överbliven specialdrink. Förhoppningsvis skulle den ge henne mod. Tom stack in kontakten och bokstäverna rusade över skärmen. Dörren gled upp. Bella drog ett djupt andetag. Idag började en annan dag.

Författarnotiser

VARNING SPOILERS. Om du inte har läst En annan dag, är detta din enda varning. Gå tillbaka till början av novellen. Läs den. Njut av den. Låt mig inte förstöra berättelsen för dig. När du har läst klart kan du komma tillbaka hit och få höra mer om inspirationen till novellen.

Novellen skrevs till novellsamlingen Kärlek i Maskinernas tid. Inspirationen till den kom från när jag lyssnade på ett poddavsnitt från Stuff You Missed in History Class som handlade om Pullmans sovvagnar och The Brotherhood of Sleeping Cars Porters and Maids. Det var den första fackliga organisationen ledd av afroamerikaner som fick en stadga i American Federation of Labor (AFL). De samlade medlemmar som arbetade på passagerartåg i Kanada, Mexiko och USA.

Arbetssituationen för dem som arbetade ombord på Pullmans sovvagnar fick mig att reflektera över hur vi behandlar andra människor och människors hunger efter lyx. Huvudpersonen Bella föddes med sin längtan efter ett bättre liv tillsammans med den hon älskar.

Om du inte hört talas om Pullmans sovvagnar, så ta och läs på om dem och om fackföreningen. Historien är tänkvärd. Sök på The Brotherhood of Sleeping Cars Porters på Youtube så hittar du avsnittet som jag lyssnade på.

Författare till Diligentiatrilogin
EVA HOLMQUIST
ETT SÄKERT LIV
Virtuella världar

Beskrivning Ett säkert liv

Två år av pandemikarantän. Instängd i sin lägenhet. Alice blir galen! Hon står inte ut.
I en virtuell värld finns ingen karantän. Oändliga möjligheter. Träffa vem hon vill. Kyssa snygga grannen. Leva igen.
En virtuell värld. Ett verkligt liv? Ett säkert liv?
Alice måste välja.

Om du gillar tankeväckande science fiction i en nära framtid, läs "Ett säkert liv".

Ett säkert liv

Solen skar genom rummet från den halvöppna balkongdörren som en kniv som stacks in genom fängelsegallret. Tillräckligt skarp för att väcka hopp, men inte för att åstadkomma någon skillnad. Den sken in i datorskärmen så det sved i Alice ögon. Hon blinkade och vred huvudet åt sidan för att slippa plågan. De crèmevita väggarna skiftade i olika nyanser när de halvgenomskinliga gröna gardinerna rörde sig i brisen. Datorn stod på det vita köksbordet som var tillräckligt brett för att det skulle rymmas en matplats bredvid, men inte nog djup för att något skulle få plats bakom. Köksstolen gav henne träsmak i baken. En temporär arbetsplats för de veckor av distansarbete som krävdes innan pandemin var över. Hon skämdes över hur naiv hon varit. Två veckor senare hade hela Sverige stängt ner och det var omöjligt att få möbler levererade.

Genom den öppna sovrumsdörren kunde hon se sin säng som hon som vanligt glömt att bädda. Bakom ryggen fanns köksskåp, spis och kyl. Allt i vitt. Som hon hatade den vita färgen! Hela hennes liv var färglöst! Doften av korven hon stekt till lunch gav henne kväljningar. Fläkten var avstängd för att minska risken för smittspridning. Det var varmt i köket trots den svaga brisen från den öppna balkongdörren snett bakom henne. Solen sken rakt in på eftermiddagen och det blev olidligt hett, men sovrummet var inget alternativ. Där rymdes bara sängen. Hon suckade. Den temporära arbetsplatsen hade blivit henne dagliga stupstock, lägenheten hennes fängelse.

Tomas, chefen, krävde att de skulle vara uppkopplade och

på plats bakom datorn under hela arbetstiden. Det var knappt de fick gå på toaletten. Det var som om distansarbetet hade triggat ett kontrollbehov som han inte kunde stoppa. Varken hon eller någon annan i teamet vågade protestera. Det var alltför många som ville ha deras jobb på firman. Vem ville inte programmera spel till den virtuella verkligheten? Marknaden hade växt exponentiellt det senaste året, men de hann ändå med sina uppgifter så det fanns inga lediga tjänster.

Hon sneglade mot balkongdörren. Om bara arbetsmötet kunde sluta någon gång. Hennes arbetskamrat Marcus hade rapporterat om problemen med *Döda virus*-spelet i en halvtimma. Det var meningen att det här skulle vara ett kort avrapporteringsmöte. Vem kom förresten på idén att lägga ett ståuppmöte på eftermiddagen? Tomas, naturligtvis!

Hon strök den fuktiga luggen ur ansiktet. Om det inte varit för mötet hade hon kunnat sätta sig på balkongen. Noah, hennes granne, brukade alltid sluta tidigare. Hon blev varm inombords vid tanken och det pirrade i hela kroppen. Han var den enda ljusglimten i hennes liv, men bara efter arbetstid. Enda fördelen med pandemierna var att de lärt känna varandra. Deras balkonger låg tillräckligt nära för att de skulle kunna prata, men tillräckligt långt ifrån för att uppfylla säkerhetsavståndet.

Marcus var äntligen klar och Sara tog till orda. Hon var sist anställd av dem allihop. Alice hade inte ens hunnit träffa henne innan nedstängningen och de alla började jobba hemifrån. Tankarna vandrade och hon kunde inte koncentrera sig på vad Sara pratade om. Det var så långrandigt allihop. Alice gned de svettiga händerna mot kjolen. Den enda klädseln som fungerade i värmen och som ändå uppfyllde kravet på arbetsklädsel.

"Jag räknar med att vara klar nästa vecka", avslutade Sara sin rapport.

En reklambanner dök upp på skärmen och la sig ovanför

chattrummet.

Ett säkert liv erbjuder dig ett säkert sätt att leva.

Hon suckade. Reklamen blev mer påträngande för varje dag som gick.

"I morgon kommer Peter tillbaka", sa chefen.

"Hur fungerar det om han befinner sig i den virtuella världen och vi här?" frågade Sara och lutade sig framåt. Kinderna blossade av iver. Funderade hon på att ansluta sig?

Alice rätade på sig. Det var exakt det hon funderat över ända sedan Tomas berättat att Peter kopplat upp sig. En veckas semester hade han också fått. Firman var beroende av att fler levde i den virtuella verkligheten, eftersom de enda som kunde köpa deras spel var de som anslutit sig. I början av året hade de beslutat att stödja alla anställda som tog klivet.

"Det är inget problem", sa Tomas. "Han kommer åt allt lika bra som ni övriga. Från och med i morgon kommer han att delta i alla våra möten också. Faktum är att jag anslöt mig före julledigheten."

Alice kände hur hon tappade hakan. Sex månader! Hon hade inte misstänkt något. Det snurrade i huvudet av alla frågor, men hon ställde inte en enda. I så fall skulle de aldrig bli klara.

"Hur går det att jobba hemifrån?" fortsatte Tomas.

Han hade ställt frågan med jämna mellanrum ända sedan distansarbetet började. Det hade varit vettigt då, men nu två år senare kändes frågan ganska meningslös. De kunde inte göra något åt karantänen. Ingen fick träffas på grund av smittorisken. Hur mycket de än diskuterade frågan skulle de inte kunna ändra på det.

"Det går bra", sa hon snabbt.

Hon ville bara att mötet skulle avslutas så hon kunde gå ut på balkongen och njuta av solskenet. En ny banner dök upp på skärmen.

I den virtuella verkligheten kan du leva säkert utan risk att drabbas av virus. Anslut dig i dag!

"Det blir lite ensamt", sa Sara. "Kan vi inte anordna en virtuell företagsfest?"

Diskussionen drog ut på tiden. Hon såg inte poängen med virtuella fester. Hur kul var det att sitta själv med ett glas vin framför skärmen och prata med arbetskamraterna? Hon tog hellre ett glas med Noah.

Äntligen var mötet klart och hon kunde logga ut. Hon skulle ta ett glas rosévin i dag. Passande för en sommardag. All mat och dryck kördes hem och lämnades av människor klädda i skyddsdräkter i karantänburen utanför lägenheten. Det var smidigt även om hon var trött på att inte kunna gå ut. Utan balkongen hade hon blivit tokig. Väggarna flyttade sig närmare för varje dag.

När hon kom ut från lägenheten var Noah redan på plats med ett glas öl i handen. Skäggstubben och det bruna håret som fästs i en slarvig knut på huvudet fick honom att se ut som han just klivit upp efter en het natt i säng. De bruna ögonen glittrade och fick en våg av värme att skölja över henne.

"Hej", sa han och höjde glaset till en skål.

"Hej", sa hon, lutade sig mot balkongräcket och höjde vinglaset. "Jag trodde aldrig att de skulle sluta prata."

Noahs lägenhet låg i nästa trappuppgång så de hade inte ens setts innan karantänen började. De bodde båda på tredje våningen och kunde se ut över torget. Det låg en lekplats alldeles nedanför, men inga barn hade lekt där på två år. Det växte ogräs i sanden.

"Hur var din dag?" sa hon och njöt av värmen mot ryggen.

Noah suckade och tog en klunk öl.

"Jag använde hela eftermiddagen åt att övertyga en kund om att de behövde uppgradera sin brandvägg. Det kommer nya datorvirus kontinuerligt. Rena turen att de inte drabbats än."

Sedan log han och lutade sig mot sitt balkongräcke.

"Tänk om vi kunde mötas", sa han och gjorde en gest mot

utrymmet mellan dem. "Avståndet är för långt för min smak."

"Vi har inget val", sa hon. "Även om vi är beredda att ta risken så kommer vi inte igenom karantänburen utanför lägenheten."

"Inte med våra fysiska kroppar, men i den virtuella verkligheten kan vi gå ut och träffas." Han pekade bort mot fiket på andra sidan torget. "Vi skulle kunna ta varsitt glas, sitta på uteserveringen och njuta av solskenet."

"Jag vet inte."

Hon tog en klunk vin.

"Tänk på det", sa Noah och lutade sig så långt ut att hon blev rädd att han skulle falla över räcket. "Då skulle vi äntligen kunna träffas."

Hon log mot honom. Den delen lät lockande, men en virtuell verklighet? Det var inte samma sak.

Dagen efter var hon extra ivrig efter jobbet. Värmen pressade ihop kroppen tills det kändes som hon inte kunde andas. Det enda hon kunde tänka på var Noah. Längtan efter honom borrade ett hål i hennes hjärta, millimeter efter millimeter tills det var helt urgröpt. Hon var redo att skrika åt Tomas när han ringde tio minuter innan arbetsdagen var slut.

Så fort samtalet avslutades studsade hon upp från stolen och gav sig inte ens tid att läsa sina privata mail. Solen bländade henne när hon kom ut på balkongen. Hon blinkade och skuggade ögonen med handen. Grannbalkongen var tom. Hon rynkade ögonbrynen. Noah brukade alltid sluta före henne. Varför var han inte på plats?

En skugga på balkongen bortanför Noahs klev ut med en ölburk i näven. Hon blinkade. Solen gled in bakom ett moln. Det var Joel, Noahs granne, som hon heller aldrig pratat med innan allt stängdes ner. Under karantänen träffades de däremot ofta via sina balkonger.

"Märkligt utan Noah", sa han och lutade sig mot sitt balkongräcke.

"Vad menar du?"

Han tog en klunk öl.

"Jag träffade honom i morse när han bestämt sig för att ansluta. De kom från *Ett säkert liv* bara en timma efteråt. Det blir tommare och tommare ute på balkongerna nu. Snart är hela huset uppkopplat. Jag ska göra det i morgon."

Hon satte sig ner. Det snurrade i huvudet. Noah hade försvunnit in i den virtuella världen. Varför hade han inte sagt något till henne?

"Det kommer att bli så skönt", sa Joel. "Jag är trött på att vara instängd. Tänk att kunna röra sig fritt utan risk för att drabbas av virus."

Hon nickade frånvarande, men svarade inget. Rosévinet hade en fadd smak. Solen lyste lika skönt som i går, men allt var annorlunda. Trots värmen hade hon gåshud. En svag rutten lukt passerade och försvann lika snabbt. Det dröjde inte länge innan hon ursäktade sig och gick in. Datorskärmen tändes automatiskt när hon stötte till köksbordet. En peppig musikslinga spelade och ett leende ansikte dök upp på skärmen.

Ett säkert liv utan virus och epidemier. Livets paus kan äntligen avslutas. Träffa dina vänner utan risk. Anslut dig i dag!

Hon sjönk ner på köksstolen. Vinglaset landade med en duns på träskivan. Mailsymbolen fångade hennes uppmärksamhet. Med darrande händer öppnade hon mailet.

Älskade Alice! Jag står inte ut längre utan att kunna träffa dig. I den virtuella världen kan det bli vi. Snälla, anslut dig! Kram Noah

Hon lutade sig bakåt. Han hade rätt. Det här var inget

värdigt liv. Ett virtuellt liv måste vara bättre än det här. Hon skulle också ansluta sig. Då kunde hon träffa Noah.

Luften stod helt still trots att Alice hade öppnat balkongdörren på vid gavel. Hon svettades. Huden var klibbig. Hjärtat slog hårt. Hon höll sig i köksbordet för att hålla sig upprätt. Inne i sovrummet rörde sig levande skyddskläder i vit plast. Hon kunde inte se deras ansikten och rösterna lät som om de pratade i en stor tunna. Det var personalen från Ett säkert liv som satte upp utrustningen. Det var näringslösning som skulle användas för att hålla henne vid liv, elektroder som de skulle fästa på huvudet och övervakningsutrustning som skulle hålla koll på alla hennes värden. Alice svalde. Hon började ångra sig.

Det hade gått två dagar sedan hon bestämt sig för att ansluta och balkongerna låg öde. Så länge som Noah fanns hade isoleringen inte känts lika akut, men nu när till och med Joel försvunnit fanns det ingen att prata med om hon inte använde datorn. Personalen hade bytt ut hennes säng mot en sjukhussäng och bäddat med vad som såg ut att vara lakan i plast. Hon ryste. Det såg inte bekvämt ut. En av skyddskläderna kom ut till henne i köket.

"Det är nästan dags", sa en manlig röst när han stannade framför henne. "Har du följt riktlinjerna?"

Gallan steg upp i munnen och magen knöt sig till en hård boll. Hon nickade. Det hade varit svårt att låta bli att äta, men hon hade stålsatt sig med tanken på att hon snart skulle få träffa Noah. Meddelat jobbet hade hon gjort också och hade fått bekräftat att hon hade en veckas semester. När den var slut skulle hon anmäla sig på kontoret i den virtuella världen.

"Har du några frågor?" undrade mannen.

Alice sneglade över hans axel in i sovrummet. De hade flyttat undan nattduksbordet. Istället stod där en stor apparat med sladdar till elektroderna som de skulle fästa på henne. På andra sidan stod en droppställning med näringslösning. Hon gned sina svettiga händer mot de tunna sommarbyxorna hon tagit på sig.

"Hur fungerar det?"

De hade förklarat allt i detalj när hon anslutit sig, men nu mindes hon ingenting. Det kändes som om hon var på väg att hoppa från ett högt hopptorn utan att veta vad som fanns under henne.

"Det är helt säkert", sa mannen och hon tyckte sig höra ett leende i rösten. "Du har inget att oroa dig för. När vi kopplat upp dig somnar du i den här världen och vaknar sedan upp i den virtuella världen Ett säkert liv. Allt du kan göra här kommer du också kunna göra där, men där finns inga restriktioner utan du kan umgås fritt med vem du vill. Där finns inga virus."

Han skrattade lågt. Alice försökte få till ett skratt, men det lät bara konstigt.

"Vad händer om jag ångrar mig?"

Mannen blev allvarlig.

"Det är ingen som ångrat sig hittills, men om du slutar betala din månadsavgift kommer vi att väcka dig. Då är det bara att återgå till det här livet där du inte kan träffa någon annan."

Han svepte med handen över raddan med vita köksskåp, kyl, frys och spis vidare till köksbordet med datorn på. Alice ryste. Den var så liten hennes värld efter att karantänen påbörjats.

"Du har betalat för ett år i förskott", fortsatte mannen med lugn röst. "Därefter kommer kostnaden dras automatiskt från ditt lönekonto. Under den tiden kommer du inse vilket underbart liv du kan ha i den virtuella världen."

Alice gned sig längs armarna. Trots värmen hade hon börjat frysa.

"Vad händer med min kropp i den här världen?"

Nu hörde hon tydligt leendet i mannens röst när han

svarade.

"Den tar vi hand om. Vi ser till att den får näringsämnena som behövs och att muskler och skelett får arbeta. Det finns inga risker med att ansluta sig."

Hon nickade.

"I den virtuella världen", fortsatte mannen, "kommer du att ha en avatar som ser ut exakt som din egen kropp. Du kan äta och dricka normalt. Smaksensationerna blir likadana och det ger samma mättnad. Det finns en stor arbetsmarknad i den virtuella världen och det internet som finns där är kopplat till det i den här världen så du kan arbeta både för din tidigare arbetsgivare som har kontor på båda ställen eller för någon helt annan. Valet är ditt. Ett säkert liv ger dig valmöjligheter."

Alice satte upp handen för att få tyst på säljflödet. Trots allt fanns inga alternativ. Det här var inget liv så hon måste ansluta sig för att leva vidare.

"Jag är redo", sa hon.

"Stäng balkongdörren", sa mannen så kopplar vi in dig.

Hon stängde balkongdörren. Nyckel till karantänbur och lägenhetsdörr hade personalen från Ett säkert liv redan fått. Hon hade inte glömt något.

Det kändes annorlunda att komma in i sovrummet. Det luktade sjukhus. Försiktigt la hon sig på sängen. Plastlakanen var hala mot kroppen. Det gjorde ont när de satte i kanylen för droppet, men elektroderna kändes inte alls. De stod lutade över henne. Skuggor bakom de halvgenomskinliga plast-visiren. Hon tryckte undan panikkänslan. Det fanns inget val. Ögonlocken kändes tunga. De gled ihop och världen tonade bort.

När Alice vaknade kändes allt som en dröm. Hon låg på ryggen i sängen med kläder på. Huvudet kändes lätt och hon var en smula yr. Det fanns ingen kvarvarande matlagningslukt. Hon mindes inte hur länge sedan hon vaknat och det doftat fräscht i lägenheten. Minnesbilderna började återvända. Skulle hon inte vara i den virtuella världen? Det hade gått smidigt att ansluta sig. Personalen i från Ett säkert liv hade kommit till lägenheten klädda i skyddsdräkter. Utrustning bredvid hennes säng. En veckas semester för att ge henne tid att acklimatisera sig, eller hade hon drömt alltihop?

Allt såg ut som vanligt. Möjligen mindre stökigt. Hade hon inte lämnat en bok på nattduksbordet? Hon kände sig ännu yrare när hon reste sig, men det gick fort över. Vinglaset som stått på diskbänken var borta.

Solen sken in genom balkongdörren. Det var varmt ute. En skön bris fläktade. Barn skrattade. Lekplatsen var full av barn. Det var som om karantänen aldrig inträffat. Fiket hade uteserveringen öppen. Det satt flera personer i solskenet och njöt. Kunde det vara ...? Ja, det var Noah som satt där. Han höjde handen och vinkade till henne.

Det hade fungerat. Hon blev matt och blev tvungen att ta tag i balkonräcket. Det hade värmts i solskenet. Hon var i den virtuella världen.

Det blev ännu mer uppenbart när hon lämnade lägenheten och det inte fanns någon karantänbur utanför. Trappuppgången såg helt ny ut. De svarta märkena på väggarna fanns inte kvar. Smutsen på trappstegen var borta. Hon rusade ner. Hjärtat slog hårt. Kunde det göra det i en virtuell värld? Tankarna snurrade och snabbare än vad hon trott var möjligt var hon framme vid fiket.

"Jag visste att du skulle komma", sa han och greppade hennes hand. Han lyfte upp deras hopslingrade händer. "Det här hade vi aldrig kunnat göra i den andra världen."

Han kallade det den andra världen nu, inte den verkliga världen. Alice undrade om hon snart skulle göra detsamma. Hon såg sig omkring. Det kändes inte artificiellt, kanske var den andra världen rätt benämning.

Joel kom fram med ett stort leende klädd i ett svart förkläde med fikets logga på.

"Jag har fått jobb här", sa han. "Ingen mer arbetslöshet för min del. Skönt, jag var orolig för hur jag skulle betala för abonnemanget."

"Vad skulle hända om du inte kunde betala abonnemangskostnaden?" frågade Alice samtidigt som hon kom på att hon visste svaret.

"Då skulle de väckt upp mig igen", sa Joel och blev allvarlig. "Att stå ut med livet i karantän efter att ha upplevt friheten här hade varit olidligt."

"Det finns fler jobb här som tur är", sa Noah och beställde ett glas rosévin åt henne.

"Åh, jag glömde plånboken", sa hon och kände sig dum.

Det var som hon förväntat sig att Noah skulle betala.

"Jag bjuder", sa Noah och log mot henne. "Dessutom finns inga betalmedel här. Det betalas automatiskt från vårt bankkonto så vi behöver bara legitimera oss."

Han höll fram handen mot Joel som läste av fingeravtrycket med en apparat i stål som blänkte i solskenet. På samma apparat markerade han Noels beställning och försvann in. Det tog inte lång stund innan han var tillbaka med ett vinglas fyllt av rosaskimrande rosévin.

Hon läppjade på vinet. Det smakade sött blandat med mineraler och en gnutta kolsyra. Precis som vinet hon druckit för många år sedan när hon var med jobbet i Nice.

"Jag förväntas gå till kontoret när semestern är slut. Hur fungerar det för dig med jobbet? Är det distans som gäller här med?"

"Jag förväntas gå till kontoret som innan karantänen. Vi har tillgång till internet så vi kan samarbeta med dem som inte är anslutna. Men nog med jobb. Nu ska vi njuta!"

Han höjde ölglaset i en skål.

"För ett säkert liv!"
Hon höjde vinglaset.
"För ett säkert liv!"

Solen värmde. Fåglar kvittrade och barnens lek hördes i bakgrunden. Smaken av rosévin gav henne semesterkänsla. Det här var som innan alla pandemier, då man fortfarande kunde umgås.

Det var ljuvligt. Alice och Noah satt med händerna sammanflätade. Hon kunde inte ta ögonen från honom. Skäggstubben var exakt de tre millimeter som hon tyckte var snyggt. En slinga av det bruna håret hade lossnat från knuten och viftade i blåsten. Hon drunknade i hans bruna ögon. Hennes kropp vibrerade som en alltför hårt spänd fiolsträng.

Noah lutade sig framåt. Hans andedräkt var varm mot hennes kind.

"Ska vi gå hem till mig?"

Hjärtat slog så hårt att det kändes som om det måste synas för alla andra. Hon kunde inte sluta le. Det kändes så rätt. Hon öppnade munnen för att svara ...

Med en duns landade hon på marken. Smärtan spred sig från baken upp i ryggen. Det var kallt och hon frös. Beläggningen i munnen smakade obehagligt. Den var fadd och en aning söt. Det kändes som när hon vaknade på morgonen utan att ha borstat tänderna kvällen innan. Hon blinkade förvirrat. Var var hon?

Hon var kvar utanför fiket, men allt var annorlunda. Noah var försvunnen. Det låg snö på marken. Himlen var grå, fylld med snöfyllda moln. Uteserveringen var bortplockad och hon satt på marken. Vad hade hänt? Nyss var det sommar. Nu liknade det vinter. Hade vädret fått spel?

Hon kravlade sig upp. Lederna hade stelnat. Försiktigt rörde hon armar och ben. Hon stirrade ut över torget. Barn, klädda i tjocka overaller, gungade på lekplatsen. Kläderna var blöta efter att hon landat i snön. Hur kunde det snöa i juni? Var fanns Noah? Hade allt varit en dröm?

Det lyste från fiket. Alice kikade in. Det var öppet. Kanske fanns svaren där. Utan att fundera mer, gick hon in. Värmen slog emot henne. Vid disken stod Joel och torkade av bänken.

Det pirrade i hela kroppen av blodet som började röra sig ut i hennes stelfrusna lemmar. Han lyfte huvudet, fick syn på henne och sprack ut i ett leende.

"Äntligen! Jag var rädd att du aldrig skulle vakna, varken i denna eller andra världen."

Hon satte sig på en av barstolarna. Huvudet bultade.

"Vad menar du?"

Han drog fram en mugg, fyllde den med kaffe och sköt över den.

"Drick! Du måste vara stelfrusen. Minns du inte?"

"Det sista jag minns är att vi satt på uteserveringen och hade trevligt."

"Sedan stelnade du till som om du blivit förlamad. Det gick inte att få kontakt med dig. Det gick inte att flytta dig ens. Våra händer gick rakt igenom dig. Noah försökte allt han kunde komma på, men inget lyckades."

Händerna darrade så att muggen klirrade mot disken. Magen knöt sig. Hon mådde illa.

"Hur länge?"

"Sex månader." Joel drog ett djupt andetag. "Det var fruktansvärt för honom att komma hit dag efter dag. Inget hjälpte. Till slut stod han inte ut längre."

Alice stelnade till.

"Vad hände?"

Han undvek hennes blick och fyllde på med mer kaffe.

"Han flyttade för två månader sedan."

Yrseln blev värre. Den virtuella världen skulle vara säker. Den hette ju till och med Ett säkert liv. Hon kände sig inte trygg. Vad hade hänt? Det här var en mardröm.

"Jag måste hem", mumlade hon.

Det hade börjat snöa utanför. Barnen på lekplatsen hade gått in. Hon slog armarna om kroppen, böjde ner huvudet och gick mot vinden. Det lilla torget kändes som en ödemark. Ingen syntes till när hon gick in i trappuppgången. Nyckeln fungerade fortfarande.

Allt såg ut som när hon lämnat lägenheten. Det fanns inget damm, kanske fanns det inte i den virtuella världen. Hon visste att i hennes verkliga lägenhet låg hon i en sjukhussäng med allt som krävdes för att hålla hennes kropp vid liv samtidigt som hjärnan var inkopplad i den virtuella världen. Ett säkert liv ansvarade för att hantera allt i den andra världen, men tydligen inte i den här. Vilsen såg hon sig om. Vad skulle hon ta sig till?

Datorn stod på det vita köksbordet. Balkongdörren var stängd och det var skumt i köket. Alice satte sig ner och försökte logga in på jobbet, men kom inte in. Hon gned händerna mot byxbenen. Lukten av svett fyllde rummet. Köksstolen föll i golvet när hon reste sig. Rummet snurrade och hon tog tag i bordet. Stolen fick ligga.

Tankarna snurrade. Varför kunde hon inte logga in? Berodde det på att det inte fungerade i en virtuell värld eller hade hon förlorat jobbet? Sex månader var lång tid. Hon förväntades komma in till kontoret efter semestern. Hon drog djupa andetag för att försöka lugna ner hjärtat som bultade så hårt att hon blev rädd att bröstet skulle explodera. Det hjälpte inte.

Duschen rensade tankarna. Pulsen lugnade sig. Hon fokuserade på vad hon skulle göra. Leta fram rena kläder, ta på underkläder, strumpor och sedan byxorna. Knäppa blusen. Borsta håret och inte tänka på vad som hänt. Sedan letade hon reda på vinterjackan och lämnade lägenheten.

Vägen till jobbet var bekant samtidigt som den var annorlunda. Det fanns inga bilar ute på vägarna. Höghusen var gråa stenstoder som blockerade himlen. Marken var täckt av snö. Allt var öde. Det kändes konstigt. Det var länge sedan hon gått till kontoret.

Hon kom in på gågatan och snubblade på kullerstenarna. Kylan bet i kinderna och hon stoppade ner händerna djupt i fickorna. Vantarna hade hon glömt hemma. En äldre kvinna stod helt stilla bredvid blomsteraffären, halvt genomskinlig. Filthatten var nertryckt så långt att ögonen inte syntes, ryggen var krum och hon hade en käpp som hon lutade sig mot. Kvinnan rörde sig inte när Alice närmade sig, inte ens när hon viftade med handen framför ögonen på henne. Alice försökte ta tag i axeln, men den gled rakt igenom. Ett virtuellt spöke! Efter ett sista försök gick hon vidare.

När hon kom fram till torget med granitstenen med utskuret titthål i mitten, hängde jobbskylten på huset rakt fram precis som den gjort innan pandemierna. De stora glasdörrarna blänkte. Hon drog ett djupt andetag innan hon steg in. Dörrarna gled ljudlöst upp. Trappan upp till receptionen var lång. Hur skulle de reagera när hon kom? Det var många på plats i dag. De satt hukade över sina datorer och var så fokuserade att de inte ens tittade upp när hon klev in. Det var som om pandemierna och karantänen aldrig inträffat.

En smäll när en dörr slogs upp fick henne att hoppa högt. Det var Tomas, chefen, som kom ut. Han ställde sig framför henne och rynkade ögonbrynen.

”Var har du varit?”

Hon öppnade munnen, men stängde den igen. Hur skulle

hon förklara vad som hänt?

"Det sista vi hörde var att du skulle ansluta dig. Efter semestern förväntades du återgå till arbetet, men du har inte ens loggat in på distans. Du vet lika väl som jag att vi har en lång lista med intresserade kandidater. Trodde du att jag skulle hålla jobbet för dig i sex månader?"

Han verkade inte arg utan mest förbryllad. Hon svalde. Munnen var torr som fnöske.

"Det var inte mitt fel", sa hon med en röst som knappt bar. "Jag vaknade inte upp förrän nu."

Han skakade på huvudet.

"Jag fattar inte vad du pratar om."

"Men", sa hon. "Har du inte sett halvgenomskinliga människorna utanför?"

"Det är inga riktiga människor. De håller på att utvidga världen med virtuella människor, men det spelar ingen roll. Din tjänst är redan upptagen och inget kan ändra på det. Lycka till på nästa jobb!"

Hon drog ett djupt andetag och öppnade munnen för att protestera. Vad kunde hon säga? Men det fanns inget som förklarade hennes bortovaro. Hon stängde munnen igen. Illamåendet vällde upp. Utan ett ord mer vände hon och gick därifrån.

Det hade börjat snöa igen. Mjuka tussar landade på hennes ansikte, smälte och blandade sig med tårarna som hon inte längre kunde hålla inne. Det värkte i hennes fötter av kylan. Skorna hon tagit på sig var alldeles för tunna. Det var skumt och snöfallet blev tjockare för varje stund. Det var knappt att hon såg gågatorna dela på sig och leda in mellan de höga husen. Det satt ett järnband kring bröstet. Om bara Noah varit här så skulle hon inte känt sig så förtvivlat ensam. Tankarna drogs till sjukhussängen de skyddsklädda gestalterna från företaget Ett säkert liv fraktat in i lägenheten. Där låg hennes verkliga jag djupt försjunken. Hade de märkt att något var fel? Det susade i öronen. Händerna darrade.

Alice drog ett djupt andetag för att lugna sig. Ett säkert liv måste hjälpa henne. De hade orsakat situationen. Något måste de kunna göra. Fick hon inte ett nytt jobb skulle hon inte kunna betala avgifterna. Att vakna upp i verkliga världen, instängd i lägenheten och utan Noah att prata med skulle driva henne över vansinnets brant. När hon löst jobbfrågan skulle hon leta reda på Noah. Det måste gå att hitta folk även i en virtuell värld. Hon knöt händerna i fickorna, böjde ner huvudet och började gå.

Företaget Ett säkert livs servicekontor låg en kort bit uppför gatan. Hon rundade en yngre kvinna klädd i en tunn sommarklänning som inte fladdrade trots de kraftiga vindbyarna som fick Alice att kura ihop i vinterjackan. Husen syntes genom kvinnan. Ytterligare en. Hon trodde inte på Tomas förklaring. Hur många var drabbade?

Alice skakade av sig snön när hon kom in i vestibulen. Det stod en välsminkad kvinna i receptionen. På hennes namnlapp stod Karin. När Alice närmade sig tittade receptionisten upp.

"Kan jag hjälpa dig?"

Alice närmade sig disken.

"Ja", sa hon och berättade vad som hänt.

"Vi beklagar vad som skett, men du har tyvärr drabbats av ett mindre fel" sa Karin och började skriva på datorn. "Det är en bråkdel av alla anslutna som drabbas."

"Men ...", började Alice.

"Den virtuella verkligheten är säker", avbröt Karin med höjd röst. "Jag ser att betalningen dragits från ditt konto för första året. Vi har skött vår del av avtalet, men som plåster på såren får du tillbaka kostnaden för tiden du varit nedstängd."

"Jag vill prata med en handläggare", sa Alice och knöt händerna så att naglarna skar in i handflatorna.

"Det är tyvärr inte möjligt. De är alla upptagna och jag är den enda som arbetar på vårt virtuella kontor."

"Hur vet jag att det inte händer igen?"

Karin log, men leendet nådde inte till ögonen.

"Det är så osannolikt att det inte borde ha hänt alls. Det kommer definitivt inte hända fler gånger."

"Men jag behöver hjälp. Jag har förlorat jobbet."

"Det är inte vårt problem. Du har skrivit på avtalet och vi behöver inte betala tillbaka för tiden du varit nedstängd. Månadsavgiften täcker skötseln av din kropp och det arbetet har genomförts. Vi har skött vår del."

Hur hon än argumenterade så gav sig inte Karin. Till slut hotade hon med att inte betala tillbaka pengarna för de sex månaderna som Alice varit nedstängd. Det fick henne att tystna. Hon visste inte hur hon skulle klara sig, men de pengarna skulle betala ytterligare sex månader i den virtuella världen och ge henne tid att hitta ett nytt jobb. Hon vågade inte riskera att tvingas vakna upp i den verkliga världen.

När Alice gått ut från företagets kontoret blev hon stående mitt på gågatan. Snöfallet hade ökat igen och hon kunde inte se trähusen på andra sidan gatan. Det var knappt hon skymtade väggen bakom sig. Världen fylldes av skuggor. Inget hade skarpa konturer, inte ens den cirkelformade granit-skulpturen bredvid henne. Hon lät handen vila mot den grova ytan. Kylan spred sig in i hennes hand, ända in till benen, men hon tog ändå inte bort handen. Skulpturen stod stadigt och kunde inte rubbas.

Vad skulle hon ta sig till? Det sved i ögonen. Hon tog ett steg mot lägenheten, stannade och tog två steg åt andra hållet.

Det snurrade i huvudet. Kroppen kändes tung som om den vägde dubbelt så mycket som vanligt. Hon slöt ögonen, snön föll mjukt på kinderna och gled som en smekning nerför. Hon drog ett djupt andetag, skakade på huvudet och vände om igen.

Hon kunde inte ge upp. Vistelsen i den virtuella världen var betald för ett år. Det fanns tid att skaffa ett nytt jobb. Återvända till den andra världen och leva i karantän skulle vara mycket värre. Hon drog ett djupt andetag. Det fanns en väg framåt. Hon stoppade händerna i fickorna och började gå mot lägenheten. Där kunde hon planera för hur hon skulle gå vidare.

Snön föll allt tätare. Den letade sig i nacken och gled ned längs ryggen. Hon frös. Det var något fel i den här världen. Vad som än orsakat att hon förlorat ett halvt år av sitt liv så verkade det drabba fler. Hon kunde inte släppa det. Människorna som drabbades behövde hjälp.

En skugga syntes genom snöfallet. Gestalten blev tydligare för varje steg. Hon flämtade till.

"Noah", viskade hon och sedan slöt han henne i sin famn.

"Jag trodde att du flyttat", mumlade hon mot hans bröst.

"Äntligen", mumlade han. "Jag vågade inte hoppas när Joel ringde."

Hon torkade kinderna och log mot honom.

"Jag trodde jag förlorat dig också."

"Aldrig. Jag har letat efter sanningen om vad som hände. Mitt jobb lät mig arbeta på distans. All ledig tid har jag ägnat åt att leta efter en lösning."

"Företaget sa att det var ett mindre fel som drabbar ett fåtal, men jag har sett flera stycken."

Noahs ansikte mulnade.

"Kom", sa han. "Vi kan prata medan vi går. Jag är ledsen att jag drog in dig i det här."

"Jag tänker förhindra att det händer fler gånger."

Han log mot henne, men blev allvarlig med en gång.

"Företaget försöker tysta ner det, men det är ett värre problem än vad du är medveten om. Det är ett datorvirus."

Hon stannade upp. Den virtuella världen skulle vara fri från virus. Men det var en trolig förklaring. Noah drog henne intill sig.

"Problemet växer", viskade han. "Ju fler som befinner sig i den virtuella verkligheten desto fler drabbas."

Informationen snurrade i hennes huvud. Och för varje dag anslöt sig allt fler. Hon mindes de tomma balkongerna dagarna innan företaget kopplade upp henne. Men det fanns sätt att komma åt datorvirus. Det var det Noah arbetade med.

"Har de inte installerat virusskydd i den virtuella världen?"

Noah skakade på huvudet.

"Det skulle innebära att de erkände att det fanns ett problem."

"Då måste vi göra det", sa hon och stannade igen. Den här gången framför kvinnan som pausats mitt i gatan. "Fler får inte drabbas."

Noah skrattade.

"Det var det jag hoppades att du skulle säga. Vi löser det."

Alice kände hur leendet försvann.

"Jag har inget jobb längre, men jag ska skaffa ett nytt."

Noah la armen om hennes axlar och kramade henne.

"Det finns lediga tjänster på mitt arbete och de är alltid på jakt efter duktiga programmerare. Om du söker jobbet är jag övertygad om att du får det. Vi kan arbeta tillsammans på dagarna och ägna kvällstiden åt att lösa problemet med datorviruset. Det kommer att bli bra. Även om vi lämnade ett virusdrabbat samhälle för ett annat så är det här ett bättre liv."

Hon log.

"Här kan vi i alla fall röra oss fritt."

Han log tillbaka. Tillsammans kunde de lösa allt.

Författarnotiser

VARNING SPOILERS. Om du inte har läst *Ett säkert liv,* är detta din enda varning. Gå tillbaka till början av novellen. Läs den. Njut av den. Låt mig inte förstöra berättelsen för dig. När du har läst klart kan du komma tillbaka hit och få höra mer om inspirationen till novellen.

Den här novellen utspelar sig i en nära framtid där flera pandemier drabbat världen. Människor är instängda i sina hem för att undvika smitta. Företaget *Ett säkert liv* erbjuder ett alternativt liv, i en virtuell verklighet, där man fortfarande kan träffa andra.

Det har alltid fascinerat mig med namn som säger en sak, men som egentligen står för något annat. Exempelvis företag med *hederlig* i namnet som är allt annat än hederliga. På samma sätt erbjuder företaget Ett säkert liv inte alls ett säkert liv. Jag ville se vad som hände med en människa som är alltför desperat för att läsa det finstilta och ifrågasätta.

GODMORGON
SEGRARE
EVA HOLMQUIST

Beskrivning God morgon segrare

Under fem år längtade jag efter fred. När vi äntligen besegrat utomjordingarna hälsade generalen oss: "Godmorgon segrare". Jag inbillade mig att allt skulle återgå till hur det var innan kriget. Ända tills jag mötte främlingen ...

"Godmorgon segrare" är en science fiction-novell om vad som händer efter segern. Den har tidigare publicerats i antologin "Efter slutet".

God morgon segrare

"Godmorgon, segrare."

Jag stannar för att lyssna på meddelandet från generalen. Äntligen har vi vunnit. Ett tag verkade det hopplöst, men till slut lyckades vi vända läget. Jag kan inte låta bli att le. Min insats var kanske liten, men den var viktig.

"Övervakningen kommer att vara på plats tills vi fångat de sista av våra fiender."

Det borde gå snabbt. Jag längtar. Kriget mot rymdisarna varade mycket längre än någon trodde var möjligt. Snart kommer allt vara som innan de tog kontakt och kriget började.

Generalens huvud svävar i luften. Han är gråhårig med en smal mustasch. För en gångs skull finns ett leende på hans läppar. Det är första gången han ler sedan kriget började. Det ser en smula konstigt ut med det svävande huvudet, men det ger en helt annan känsla att kunna se mannen bakom orden. Därför har de varit noga med att sända ett hologram-meddelande från generalen varje dag under det fem år långa kriget. Det är en fördel att han kan prata ansikte mot ansikte med alla människor. Såvitt jag vet har inte våra fiender något liknande.

"Det kommer inte att dröja länge innan vi kämpat ner den siste fiendesoldaten", säger hologrammet med betoning på varje ord. "Efter det kan allt återgå till det normala."

Hologrammet tonar bort. Dammet i luften glittrar av den uppåtgående solen. Diset får mina ögon att rinna. Alla människor börjar gå igen. De går med huvudet nedböjt för att slippa snubbla på den ojämna marken. Gatorna består numer av högar med bråte och stora hål efter explosioner. Kriget har satt sitt märke på oss, men jag har gjort min plikt. Det var som generalen sa. Jag kan titulera mig segrare nu. Tanken får mig att räta på ryggen trots värken. Under hela kriget har jag jobbat djupt nere under marken, fastspänd i en av stridsstolarna och styrt drönare att attackera alla rymdisar som jag kunnat hitta. Det var först när det var mörkt som jag kunde lämna bunkern och leta mig hem längs den säkra underjordiska gången. Det här är första gången på fem år som jag besöker ytan. Förstörelsen är chockerande. Det är inte samma sak att se det genom drönarens ögon.

Huvudet känns tungt och jag är en smula yr. Det har varit en lång natt. Först för en timme sedan utropades segern. I vanliga fall är jag ledig under natten, men nu när vi var så nära jobbade de flesta på dagskiftet natten igenom. Jag har fått en ledig dag som kompensation. Delvis måste jag använda den för att sova i kapp, inser jag när jag snubblar på den ojämna marken. Det har knutit sig i nacken och en blixtrande huvudvärk är i antågande. Jag rullar axlarna bakåt medan jag går för att försöka bli av med spänningen, men det hjälper inte.

Jag svänger in på gatan där många affärer en gång låg. Nu är de försvunna. Det finns ingen möjlighet att bedriva en affärsverksamhet när man varje sekund riskerar att dödas i någon av fiendernas attacker. Samtliga affärer har flyttat ner under jord på samma sätt som alla människor undvikit fria luften. Tunnlarna sträcker sig flera mil och varor fraktas via autonoma tågvagnar. Även om det varit ont om mat under kriget har vi ändå lyckats få in tillräckligt mycket till staden för att vi alla ska överleva. Flera tidigare affärsinnehavare har börjat röja i ruinerna. Antagligen hoppas de kunna öppna snart igen. Ett fåtal spaningsdrönare rör sig genom byggnaderna. De skannar affärsinnehavarna och fortsätter sedan vidare till nästa person. Nu finns det inte längre någon risk för att attackeras av våra fiender. De har övergivit sina anläggningar. Lämnat vapnen stående och flytt ut i städerna där det fortfarande finns gömställen kvar. Här finns det underjordiska gångar och rester efter byggnader. I markerna runt städerna är allt sönderbombat. Det finns inga träd eller klippor att gömma sig bakom. Allt är borta.

Det är bara ett fåtal fiender som överlevt. De gömmer sig för att undkomma rättvisan. Det ska de inte kunna göra så länge till. Jag ler. Det känns bra att radera de som förändrat vårt liv i grunden från medvetandet. Får vi de sista kan vi glömma att kriget ens ägt rum. Jag ser fram emot det.

Jag slår tån hårt i en sten på gatan. Typiskt. Så går det när jag inte är uppmärksam. Det gör ont. Hoppas att jag inte brutit den. Jag linkar vidare. Snart kommer nergången till mitt krypin. Den fina lägenheten som jag hade innan kriget fick jag överge efter explosionen som pulvriserade hela byggnaden. Nu bor jag som så många andra i ett av de underjordiska lägenhetskomplexen. De är utgrävda under beskjutning och sparsamt inredda.

Det är inte så många personer på väg ner så det går snabbt att passera kontrollstationen och komma innanför stål-dörrarna. Trappan ner är mörk, men när jag väl kommit ner till första underjordsplanet är lamporna tända och det är lättare att se var jag sätter fötterna. Trappan fortsätter neråt. In åt vardera hållet går smala vägar. De leder in till lägen-heterna. Jag fortsätter neråt. På andra underjordsplanet ligger matställen och affärer. Det finns inte plats för kök i våra små krypin så vi äter alltid ute. En trappa till och sedan är jag nere på det underjordsplan där jag bor. Jag svänger in på vägen till höger och tar nästa gränd till vänster. En spaningsdrönare svänger in efter mig, skannar mig och fortsätter sedan. Jag rynkar pannan. Konstigt. Vi har aldrig haft spaningsdrönare nere i bostadskomplexen tidigare. Längs den här gatan finns enbart bostäder. De är enplans och består av ett rum med plats att sova och om man har tur kan man få in en stol att sitta på. Jag låser upp och går in. Ytan är liten och sängen tar halva utrymmet. Utmattad slänger jag mig ner utan att bry mig om att plocka av mina arbetskläder. Snart sover jag djupt.

När jag vaknar är klockan bara tio, men jag känner mig alltför rastlös för att ligga kvar. Tån gör inte ont längre. Bra, då har jag inte brutit den. Arbetskläderna känns skitiga och trånga. Jag tvättar av mig så gott jag kan i mitt lilla handfat som är inskjutet i väggen bredvid fotänden av sängen. Jag orkar inte gå bort till det gemensamma duschrummet. Arbetskläderna låter jag ligga i en hög på golvet och drar fram vardagskläderna under sängen. Det är flera år sedan jag kunnat använda dem. Ända sedan jag blev stridspilot har jag jobbat varje dag från tidig morgon till sena kvällen. Det blir ingen tid över för något som helst socialt liv. Nu ska det bli ändring på det.

Jag längtar ut i friska luften som nu bör vara fräschare än tidigare när allt damm från explosioner lagt sig och risken för nya attacker är försvunnen. När jag skjuter upp dörren får jag syn på en dåligt klädd man som står lutad mot väggen mitt emot. Det är något med honom som får mig att dröja. I samma stund far en spaningsdrönare in på den smala gatan. Innan den hinner fram till oss kastar sig mannen över till mig, tränger sig in och tar tag i dörren och drar igen den. Jag vacklar bakåt av stöten och landar på sängen. Min tröja har fått en stor fläck på magen.

"Förlåt", säger mannen. "Det var inte meningen att putta dig. Snälla, du måste hjälpa mig."

Jag lyfter blicken mot honom. Han står framåtlutad med handen tryckt mot magen. Det sipprar rödbrun vätska mellan fingrarna. Han är skadad. Något får mig att studera honom ännu närmare. Det är något som är fel.

"Jag är skadad", säger mannen. "Snälla, du måste hjälpa mig."

Det surrar i huvudet som om en av drönarna tagit sig in, men sjukvårdsträningen slår till och jag drar fram akutkitet från arbetskläderna. Alla piloter har fått grundläggande sjukvårdsträning. Inte för att det behövts. Inga attacker har lyckats bryta igenom barriärerna.

När jag plockat upp rengöringssprejen och sårförslutningen, reser jag mig och närmar mig honom. Surrandet blir starkare. Något pockar på min uppmärksamhet. Jag vrider huvudet så jag ser vid sidan av honom och sneglar i ögonvrån mot konturen av hans huvud. Det är då jag ser det. Konturen darrar på det typiska sättet. Det sker när fältet, som rymdisarna använder för att dölja sin verkliga form, fluktuerar. De flesta skulle troligtvis inte märka något, men jag har ägnat de senaste åren åt att leta efter den typen av darrning för att finna våra fiender och utrota dem. Min gäst är en utomjording.

Mekaniskt signalerar jag till honom att dra upp tröjan så att jag kan komma åt såret. Samtidigt försöker jag komma fram till vad jag ska göra. Jag har inga vapen i lägenheten. Det finns ingen möjlighet att kontakta kontoret. All kommunikationsutrustning har jag lämnat på jobbet. Om jag försöker ta mig ut kommer han säkert att hindra mig. Den korta kontakten tidigare avslöjade att han trots sin skada är betydligt starkare än jag. På något sätt måste jag få honom att lita på mig så att jag senare kan slå larm.

Det känns inte som jag trodde det skulle göra. Jag hatar fienden med en hetta som stundtals skrämmer mig, men hatet är inte riktat mot utomjordingen i mitt rum. Det är mycket enklare att hata någon som du ser genom drönaren. Mitt huvud säger att han är fienden, men mitt hjärta säger något annat. Likheten med människor är alltför stor. Även om jag borde behandla honom som en fiende kan jag inte låta bli att agera som om han var en främmande kollega.

Han drar upp tröjan så att jag kan se tydligare. Det är

en typisk skada från en drönarexplosion. Jag gissar att en spaningsdrönare fått syn på honom och skjutit när han försökt ta sig därifrån. Salvan har träffat snett framifrån. Huden är bucklig runt såret. Vid midjan finns en öppen sekundärskada, vilket är vanligt när drönaren träffar ett föremål bredvid. Med tanke på metallflagorna som har rispat upp skinnet, gissar jag på en stålbjälke. Blodet samlar sig hela tiden och rinner ner från såret. Det ser ut som normalt människoblod ända tills det lämnar fältet. Då får det den rödbruna färg som avslöjar att det trots allt inte är mänskligt. Jag försöker undvika att kommentera den konstiga färgen. Främlingen får inte ana att jag inser att han är en utomjording. Huvudet snurrar av ansträngningen av att få ihop vad mitt huvud vill och vad mina känslor säger mig.

Försiktigt tar jag en pincett och börjar plocka metallflagor. De måste bort. Annars blir såret infekterat. Skadan måste ha uppstått nyligen för det finns inget tecken på varbildning.

Mannen hänger med huvudet så jag ser knappt hans ansikte. När jag nuddar med pincetten rycker han till som om jag gör illa honom. Jag har ingen aning om rymdisarna känner smärta på samma sätt som vi. Det finns inget sätt att ta reda på hur de egentligen ser ut. Det döljande fältet fungerar även efter deras död och för att inte smittor ska spridas används robotar för att rensa undan alla döda under natten. Min återkommande mardröm är att jag ska fastna utomhus och att robotarna misstar mig för död.

Efter en lång stund har jag fått bort alla metallflagor. Jag häller rengöringssprej i såret. Det bubblar när sprejen tar död på alla bakterier. Smutsen eroderas bort medan jag tittar. Därefter försvinner blodet. Snart är ytan ljusröd och tillräckligt slät för förslutning. Jag sprejar på sårförslutningssprejen. En kort stund och sedan är allt klart. Mannen rätar på sig. Det syns att det fortfarande gör ont.

”Tack”, säger han. ”Kan jag stanna en stund?”

Jag tvekar. Egentligen vill jag få ut honom från bostaden, men han ser fortfarande blek ut. Han vajar fram och tillbaka som om han inte riktigt lyckas hålla balansen. Troligen har han förlorat mycket blod eller vad det nu är för vätska rymdisarna har i sina kroppar. Min säng är inte bäddad utan täcket är slängt åt sidan där jag petat undan det när jag steg upp tidigare. Jag vill inte ha honom där, men jag kan inte riktigt med att be honom lägga sig på golvet. Den mörka hårdpackade jorden är definitivt inte lämpligt för en sårad man att ligga på. Om jag kräver att han ska gå vet jag inte vad han tar sig till. Och vad skulle hända om någon upptäckte en utomjording i mitt hem?

”Jag är egentligen på väg ut”, säger jag till sist.

”Jag förstår”, säger han. ”Du vill inte ha mig här när du själv inte är på plats. Jag lovar att jag inte ska förstöra något i din bostad.”

Jag låter blicken glida runt rummet. Sängen mitt emot med sängkläderna. Mina smutsiga arbetskläder på golvet. Det inskjutna handfatet i väggen längst in. Luckorna till skåpen under sängen. Där finns bara kläder. Alla saker av värde som inte tillhör jobbet är nedstoppade i min väska som hänger runt höften. Det finns inget han kan stjäla eller förstöra.

Jag tittar på såret igen. Har jag fått bort alltihop? Det är omöjligt att veta. Fältet döljer effektivt hur det egentligen ser ut. Det kliar som om jag har små nanorobotar klättrande längs ryggraden. Jag har kanske inte alls hjälpt honom. Jag borde inte bry mig. I vanliga fall skjuter jag sådana som han. Jag letar efter hatet. Det finns där under ytan, men det är inte riktat mot honom. Jag önskar att jag kunde se honom genom drönaren. Då skulle det vara lätt.

”Hur känns det?” undrar jag. ”Missade jag något? Det är så svårt att se med fältet.”

Han rycker till. Ögonen spärras upp. Vitan syns.

”Fältet”, säger han. ”Hur vet du?”

Det känns som om jag har fått en hink med kallt vatten

över mig. Skit också, att jag aldrig tänker mig för innan jag säger något.

"Jag har sett det förr", säger jag, men förklarar inte på vilket sätt.

"Vi behöver inte vara fiender", säger han. "Kriget är över och ni har vunnit."

Jag nickar. Det är bäst att han tror det. Jag vet att jag borde döda honom, men det känns fel att skada honom i mitt eget hem. Det är annorlunda när jag sitter bakom spakarna och ser genom drönarens ögon.

"Du får stanna tills vidare", säger jag och stoppar undan akutkitet.

Han ser lättad ut och sjunker ihop på sängen.

"Kriget är över", säger han igen. "Jag förtjänar inte att dödas."

Den här gången svarar jag inte. Jag vet inte vad jag ska tänka.

"De kommer inte in hit så du är säker här." Magsaften stiger upp i halsen. Det känns som en lögn. "Du får stanna tills i morgon. Sedan måste du ge dig av."

Jag är tveksam till att lämna honom, men måste få tag på något att äta. Dessutom vill jag uppleva solskenet i dag när jag har chansen. Kanske kan jag få reda i mina förvirrade tankar.

"Jag kommer tillbaka", säger jag.

Det ser ut som om han nätt och jämnt håller sig uppe. Händerna är knutna och han vilar hela sin tyngd på knogarna. Ansiktet är spänt som om han anstränger sig för att hålla inne ett skrik. Eller ett jämmer. Han måste ha ont. Jag ger honom en nick och smiter ut genom dörren.

Det vimlar av spaningsdrönare utanför. En närmar sig i hög fart, stannar en meter framför mig och påbörjar skanningen.

Jag står still. Jag vet att det går snabbare om spanings-objektet är stilla, men jag är inte beredd på känslan. Strålarna smyger sig över kroppen som en burdus älskare som smeker av kläderna. Jag känner mig besudlad. Det är ännu värre än kroppsvisiteringen som jag utsätts för varje dag när jag går in på jobbet. Där finns en människa bakom som jag kan relatera till. Här är strålarna lika opersonliga som intensiva. Det känns som om jag står där naken.

Drönaren piper till. Axlarna sjunker ner. Äntligen är det över. Den surrar snabbt vidare till nästa offer. Det tar en stund innan jag hämtat mig tillräckligt för att gå vidare. Jag har aldrig anat under alla de år som jag styrt spaningsdrönare hur förfärligt det känns för dem som utsätts och då är jag ändå människa. Hade jag varit en av fienderna så skulle skanningen avslutats med en energivåg som dödat mig på fläcken. Om jag hade stått kvar vill säga. Det är inte lätt att träffa om de springer iväg.

Jordgolvet är välstampat och jag ser knappt fotstegen. Det dammar lätt, så ett tunt lager av jorddamm samlas på skorna. När jag i vanliga fall passerar med arbetsskorna bryr jag mig inte, men jag suckar högt när jag ser att mina privata skor har fått mörka fläckar från dammet. Förhoppningsvis får vi flytta upp snart nu när kriget var över. Det surrar förbi en spaningsdrönare, men den är på jakt efter min granne. Han biter ihop käkarna medan skanningen pågår. Nävarna är knutna och axlarna är ända uppe vid öronen. Jag smiter snabbt förbi för att undvika att utsättas igen. Det är helt klart annorlunda jämfört med vad jag trott när jag själv suttit bakom spakarna. När jag lämnar gränden inser jag att det finns ännu fler drönare. Nästan varje person blir skannad och det är många frustrerade ansikten som möter mig på vägen upp till ytan. Trappan är smutsig av alla steg och det är trångt. De flesta är på väg upp. Även här finns det drönare överallt, men trängseln gör att ingen stannar inför skanningen. Pipet från drönarna när de försöker hänga fast vid en individ är öronbedövande. Ingen säger något utan alla går så snabbt uppåt som det bara är möjligt.

Det är svårt att andas med alla människor tätt intill. Drönare far förbi huvudet med jämna mellanrum. Jag svettas kopiösa mängder. Det tar en evighet att passera kontrollstationen. När jag väl kommer upp till ytan skyndar jag mig in på en av de sönderbombade tomterna för att bli av med folket runt mig. Drönarna följer efter. Än en gång får jag stanna för att låta skanningen slutföras i lugn och ro. Bredvid mig gräver en kvinna i bråten. Hon har ett stort spett som hon använder för att bända bort stora betongklumpar som antagligen är rester efter väggar. Det ser ut som ett tungt arbete. Hon är smutsig i ansiktet med mörka streck där hon gnidit pannan för att bli av med svetten som ringlar sig nerför ansiktet. Utseendet är bekant. Hon hade en affär i den här byggnaden och det hände ibland när den fortfarande var öppen att jag gick hit för att handla mat. Det varade inte så länge, från det att jag själv tvingats flytta under jord när min lägenhet pulvriserades, tills affären stängdes, men jag känner ändå igen henne trots att det är flera år sedan.

Hon rätar på sig och hostar som om dammet har samlats i lungorna. Sedan spottar hon. En mörkgrå massa av slem landar på marken bredvid henne. Hon fångar min blick och nickar mot mig.

”Det var länge sen”, säger hon.

”Ja”, svarar jag. ”Tänker du försöka bygga upp affären igen?”

”Det var tanken”, säger hon och låter blicken svepa över ruinen, ”men jag vet inte om det är möjligt.”

”Nu när vi segrat”, säger jag, ”är det bara en tidsfråga innan vi kan bygga upp allt igen.”

”Jag vet inte om jag känner mig som en segrare”, säger hon och nickar mot drönaren som stannat i luften för att skanna henne.

Jag vänder mig om. Finns någon i närheten som lyssnar? Nej, det är öde. Alla från underjorden har försvunnit. Strömmen av människor har minskat. Någon enstaka skyndar iväg åt andra håll. Mängder av drönare far genom luften, men de har bara förmåga att se och kan inte höra vad vi säger. I alla fall såvitt jag vet.

"Det är bara för en kort tid", säger jag, "tills de hittat alla fiender."

"Kriget är slut. De har kapitulerat. Varför måste jag förföljas av de där otygen?"

"Fienden överföll oss utan provokation. Om vi ska vara trygga måste vi bli av med dem. Drönarna är enda sättet att lyckas med det."

Hon fnyser.

"Det känns inte rätt att jag ska drabbas. Så länge de flygande odjuren finns här kommer jag aldrig kunna öppna min affär igen."

Jag rycker på axlarna. Jag vet inte vad jag ska svara. Hon böjer sig över spettet igen och jag lämnar henne där. Under kriget har jag varit så fokuserad på min uppgift att jag inte riktigt sett hur staden förvandlats. Allt är förstört. De flesta husen är stora högar med betong. Armeringsjärn sticker fram och gör det vådligt att passera. Ibland öppnas stora hål i marken. Det går inte att gå normalt. Vissa väggar står fortfarande, men de är sneda som om de när som helst ska kollapsa. En rörelse får mig att stanna till. En människa gömmer sig bakom en halvt kollapsad vägg. Några steg åt sidan och jag ser henne tydligare. Hon står hukad med blicken spänt fäst vid en drönare som passerar i hög fart. När den försvunnit, reser hon sig och skyndar ut över den öppna ytan mot nästa nedrasade byggnad. Flimret bekräftar vad jag misstänker. Hon är en utomjording.

På högra benet har hon ett öppet sår som får henne att halta. Hon vänder på huvudet och jag fångar en skräckslagen blick. Hon är på flykt. Jag sväljer. Munnen är torr av allt damm som hänger i luften. Surrandet får mig att vända på huvudet åt andra hållet. Drönaren närmar sig i rasande fart. Den svischar förbi mig. Kvinnan spärrar upp ögonen och kämpar för att ta sig fram till byggnaden. Hon närmar sig, men inte tillräckligt snabbt. Hon snubblar. Fallet blir hårt. Hon rullar runt och sträcker handflatorna mot drönaren. Jag väntar på skanningen, men istället kommer energistrålen och hon pulveriseras framför mina ögon.

Hjärtat slår hårt. Drönaren närmar sig och jag sluter ögonen inför skanningen. En kort stund och sedan är det över. Jag öppnar ögonen igen. Mina händer är svettiga. Vid byggnaden kvinnan var på väg till ser jag en skepnad. Ett steg åt sidan och jag ser att det är ett barn. Flimret får mig att tappa andan. Jag visste inte att de hade med sina barn. Illamåendet sköljer över mig. Barnet springer från platsen. Jag sväljer. Energin för att undersöka världen efter segern har försvunnit. Istället går jag tillbaka ner mot nergången. Jag känner mig inte heller som någon segrare längre.

När jag kommer in i lägenheten ligger främlingen utsträckt på golvet med slutna ögon. Jag stänger dörren så snabbt som möjligt för att drönaren som passerar utanför inte ska få syn på honom. Han kravlar sig upp i halvsittande ställning och jag sätter mig mittemot.

”Jag vet inte vad du äter”, säger jag och placerar ut bröd, svampar och köttsubstitut på brickan som jag har haft lutande mot väggen.

En tillbringare med vatten och sedan är måltiden komplett. I vanliga fall äter jag aldrig i lägenheten, men i dag står jag inte ut med drönarna. Jag hoppas verkligen att de dras tillbaka i kväll.

Det känns konstigt att ge mat till en fiende, men jag lyckas inte se honom som en av dem. Det är som om det finns en avgrund mellan de fiender jag hatar och främlingen i min lägenhet.

"Svamp går bra", svarar han och pekar på köttsubstitutet. "Vad är det?"

Jag gör en grimas.

"Det ska se ut som kött", säger jag, "men är egentligen gjort av en viss typ av svamp. Det mesta vi äter är svamp i en eller annan form."

Han petar undan köttsubstitutet, tar en av svamparna och stoppar snabbt in i munnen. Några snabba tuggor och sedan greppar han nästa. Han måste vara utsvulten.

"Äter ni andra djur?" undrar han.

Det är svårt att höra vad han säger med munnen full av svamp.

"Förr gjorde vi det", svarar jag. "Det var fisk, kor, grisar och kycklingar som vi åt mest. Numera går det inte att få tag på."

Han gör en grimas som om han finner det osmakligt, men han säger inget. En stund äter vi under tystnad, men jag kan inte släppa tanken på vad affärsinnehavaren sa.

"Varför attackerade ni oss?" frågar jag till sist.

Främlingen sväljer.

"Vi kom hit, eftersom vår planet inte längre kunde föda oss", säger han och gnider över magen som om såret gör ont. "Vi drabbades av ett solutbrott som förstörde en stor del av atmosfären. De rymdskepp som vi hade byggt för att utforska rymden fick vi omvandla till evakueringsskepp."

Jag stoppar in en brödbit i munnen. Det här hade jag ingen aning om.

"När vi kom till Jorden hade nästan alla förnödenheter tagit slut och vi var tvungna att landstiga. Förhandlingarna med er regering strandade nästan med detsamma och när ett av våra skepp exploderade kort därefter togs beslutet om attacken."

"Tror du att vi var skyldiga till explosionen?" frågar jag och släpper brödbiten jag hade tänkt äta upp. Jag är inte hungrig längre.

Han rycker på axlarna.

"Jag vet inte", svarar han. "Spelar det någon roll? Ni har vunnit nu och snart är vi alla borta."

Jag skjuter undan brickan så den skramlar. Huvudet värker. Världen krackelerar. Jag är på väg i en hiss rakt ner i avgrunden.

"Jag önskar att kriget aldrig börjat", säger jag.

Främlingen skakar på huvudet.

"Det är inte möjligt. Kriget har förändrat oss. Varken du eller jag är samma personer som vi var innan kriget. Om jag på något mirakulöst sätt hade förflyttats tillbaka till min planet innan solutbrottet, hade jag inte varit lika ivrig att anmäla mig till utforskningen av rymden. Då trodde jag att alla vi skulle möta skulle vara vänligt sinnade. Nu vet jag bättre."

"Det var ni som anföll först."

Han rycker på axlarna igen.

"Kanske", säger han, "men ni ville inte hjälpa oss."

Kanske har han rätt i det och då har jag brutit mot alla mina värderingar. Det är inte den bild som generalen gett, men jag vet inte längre vem jag ska tro på. Under tystnad plockar jag undan maten. Jag lyfter upp täcket från sängen och placerar det på golvet bredvid. Det är inte så bekvämt, men vi kan knappast dela säng. Det är den alldeles för liten för.

"Du är inte säker här", säger jag. "Så fort dörren öppnas kan en drönare vänta utanför och här finns ingenstans att gömma sig."

"Finns det många härnere nu?"

Jag nickar. Det är lika många härnere nu som det under kriget varit ovan jord.

"Du måste gå när jag går till jobbet."

Han nickar och flyttar sig försiktigt till täcket. Han kryper ihop och sluter ögonen. Så länge han satt still kunde jag inbilla mig att han var återställd, men när han rör sig blir det uppenbart hur ont han har. Livet har blivit alldeles för komplicerat. Kriget är slut. Vi borde alla kunna vara säkra nu, men så enkelt är det inte.

"Godmorgon, segrare. En ny dag i frihetens tecken."

Alla stannar för att höra generalens meddelande.

"Som ni kanske märkt har vi varit tvungna att skicka ut spaningsdrönare i bostadsområdena. Det är nödvändigt för att bli av med våra fiender en gång för alla."

Hologrammet ler mot mig som om jag är den enda som lyssnar. Om jag inte hörde orden kunde jag inbilla mig att det är underbara nyheter generalen kommer med. Men de är varken underbara eller nyheter. Spaningsdrönarna har förpestat bostadsområdena ända sedan segern och i dag är de fler än någonsin. Att rymdisarna verkligen är fiender är jag inte heller övertygad om. Några är det säkert, men inte alla och de få som gömmer sig för att klara livhanken innebär knappast något hot. I går kände jag mig stolt över att vi vunnit. I dag skäms jag.

Hologrammet tonar bort. Folkmassan rör sig framåt. I dag befinner jag mig i mitten av en stor klunga där alla är på väg till jobbet. Den lediga dagen är ett minne blott.

Snart är jag framme vid nedgången till jobbet. Det tar bara några meter nerför trappan innan väggarna täcks av stål. Ytterligare några meter så är jag framme vid den tjocka ståldörr som skyddar området mot attacker från fienden. Jag slår in koden, skannar ögat och lämnar DNA-provet i behållaren. Första året av kriget tyckte jag det var pinsamt att spotta för att komma in till jobbet, men den känslan har försvunnit sedan länge. Nu väntar jag bara tålmodigt tills provet är analyserat och min identitet bekräftats. Dörren svänger långsamt upp och jag kilar in i slussen. Först när dörren stängts bakom mig glider handskannern upp och jag kan sätta handflatan mot den glatta ytan och säga mitt namn. Det surrar lågt när datorn analyserar ljudvågorna. Sedan glider nästa dörr upp. Den är inte alls lika tjock, men är också av stål. Efter det är det bara kroppsvisiteringen som återstår innan jag är inne.

Väl innanför efter alla kontroller slår ljudet av många människor som pratar emot mig. Dagskiftet har anlänt.

Alla är samlade och pratet är öronbedövande. Vi är alla klädda i våra grå uniformer och ett kort ögonblick känns det som om golvet försvinner under mina fötter. Det är så likt en av krigsdagarna att jag för ett kort ögonblick får för mig att vi ännu inte vunnit. Vi är femtio personer i dagskiftet och alla står för det finns inte stolar i rummet. När hologrammet tonar fram tystnar alla. Generalen är allvarlig i det här meddelandet som bara är för oss.

"En sista offensiv och sedan är allt över", säger han och petar på den grå mustaschen. "I dag ska vi jaga fram de sista av fienderna. De har gömt sig i bostadsområdena och därför måste vi jaga dem där också. Ingen får undkomma. Varje människa som hjälper en av våra fiender ska också bekämpas. De ska lära sig att det inte finns någonstans dit de kan fly."

Jag sväljer. Illamåendet sköljer över mig. Jag knyter händerna hårt för att hindra dem från att skaka.

"Tack för ert arbete! Med gemensamma insatser ska vi förhindra att det någonsin blir krig igen."

Hologrammet tonar bort. Det är tyst några sekunder och sedan startar pratet igen. Jag har ont i magen, men anstränger mig för att vara som vanligt. Främlingen lämnade lägenheten samtidigt som jag i morse och ingen kan veta att jag låtit en av rymdisarna bo hos mig. Långsamt släpper magknipet.

Vi lämnar samlingssalen, tar plats i våra stridsstolar och

spänner fast oss. Stolarna är lika grå som våra uniformer. När jag kommit på plats drar jag fram reglagen så jag når dem smidigt. Jag initierar stridsstolen och kontrollerar min placering. Hologrammet tonar fram och jag kan se förrådsrummet där spaningsdrönarna förvaras. Den ena efter den andra vaknar till liv runtom och svischar ut genom tunneln. Den är inte större än att drönarna kan passera en i taget. Jag väcker liv i min och snart svävar den genom luften. Jag styr den genom ruinerna som finns kvar efter min stad. Det är nästan inga människor ute i solskenet. Arbetet med att röja har avstannat helt.

Spaningsdrönarna fyller däremot luften. Jag har aldrig tidigare sett så många samlade på samma ställe. Ingen verkar ha fått placering utanför staden utan alla har omgrupperats till stadskärnan. Är fiendens anläggningar helt övergivna nu? Flyktingarna har rymt till staden där de förgäves försöker gömma sig för oss. Ingen verkar finnas över jord. Som en bisvärm samlas drönarna runt nedgångarna, väntar tills dörrarna öppnats och strömmar sedan ner i bostadsområdena.

Härnere finns det betydligt fler människor. Drönare efter drönare stannar upp för att skanna innan de fortsätter till nästa person. Jag flyger vidare ner till tredje underjordsplanet och svänger in bland lägenheterna. Jag ser flera människor som gläntar på dörren, men som stänger så fort de siktar mig. En äldre man kommer gående och jag hovrar i luften för att skanna av honom. Gallan stiger i strupen. Jag minns känslan när jag själv blev skannad. Fortare än vad jag borde avbryter jag och flyger vidare.

Händerna är svettiga när jag flyger mellan bostäderna. Flera människor känner jag igen från matställena under kriget. Det känns konstigt att skanna dem nu. Vi pratade alla om vår längtan efter att kriget skulle ta slut. Nu behandlar jag dem som om de är fiender. Huvudvärken kommer smygande. Snart känns det som om jag har ett stålband som dras åt en liten bit varje gång jag skannar en människa.

En rörelse i nästa korsning får mig att öka farten. Personen haltar bort från mig, men ingen kan röra sig snabbare än en spaningsdrönare så jag är snart i kapp. Jag ska just starta skanningen när personen vrider huvudet mot mig och jag fryser med fingret ovanför knappen. Det är främlingen.

Fingret hänger i luften som om det inte längre är en del av mig. Jag vet att jag måste starta skanningen, men det känns inte som om jag har kontroll längre. Segern stinker som rå fisk som legat ute i solen för länge. När jag under hela kriget längtade efter att det skulle ta slut så var det inte det här jag drömde om. Jag borde döda främlingen, men inget händer.

Han vrider huvudet mot drönaren igen. Det går inte att undgå att se förvåningen, men också lättnaden över att överleva. Han haltar vidare medan mitt finger fortfarande hänger i luften. Det surrar i huvudet som om det flugit in en spaningsdrönare som förgäves försöker hitta vägen ut. I samma stund svischar en annan spaningsdrönare förbi mig. Utan att tänka ökar jag farten. Jag närmar mig snabbt. Jag skjuter. Energistrålen träffar mitt på drönaren. Ett sprakande och drönaren faller död till marken. Främlingen vrider huvudet mot mig igen. Ögonen är uppspärrade och han greppar mot väggen. Sekunden efter passerar jag honom och skjuter ner nästa drönare i siktet.

Surrandet i huvudet ökar. Det finns ingen väg tillbaka. Den jag var innan kriget är borta för alltid. Jag känner mig yr, men jag styr min drönare mellan bostadskomplexen på jakt. Kriget är inte slut. Fienden har bara ändrat skepnad.

Författarnotiser

VARNING SPOILERS. Om du inte har läst *Godmorgon segrare*, är detta din enda varning. Gå tillbaka till början av novellen. Läs den. Njut av den. Låt mig inte förstöra berättelsen för dig. När du har läst klart kan du komma tillbaka hit och få höra mer om inspirationen till novellen.

När Catahya presenterade temat till sin antologi *Efter slutet* slog inspirationen ner som en bomb. Jag har alltid funderat på vad som händer efter ett krig. När man lyssnar på propaganda från tiden får jag ofta uppfattningen att man tror att allt ska återgå till hur det var innan krigen. I realiteten kan man inte gå tillbaka i tiden utan ett krig förändrar livet.

I *Godmorgon segrare* får vi följa en av soldaterna och veta vad som händer efter kriget mellan människor och utomjordingar. Människorna har segrat och då borde allt bli bra, eller?

EVA HOLMQUIST
VELLIANS ARMÉ
VINNER ALLTID

Beskrivning Vellians armé vinner alltid

Vellians armé vinner alltid. Så har det alltid varit. Så kommer det att förbli. Fast det här sista uppdraget är svårare än vanligt. Ännu en fiende, på ännu en främmande värld, denna med två månar. Jag vill bara att striderna ska ta slut så att jag kan gifta mig med Delus. Men just när slaget står och väger så förändras allt och jag börjar tvivla på allt jag någonsin trott.

Vellians armé vinner alltid

Explosionen fick marken att skaka. Det var nära att jag ramlade baklänges, men i sista stund lyckades jag räta på stridsroboten. Jag tvingade mina värkande muskler att driva roboten framåt. Min förra salva hade skadat motståndarens stridsvagn, men inte tillräckligt. Den kunde fortfarande skjuta efter mig. Jag lyfte den enorma armen och pressade ner avtryckaren. En kort salva och sedan exploderade stridsvagnen. Den vräktes åt sidan med ett stort hål i sidan. Jag lyfte handen i en seger-gest. Det här var en barnlek. Motståndarna rådde inte på våra stridsrobotar. Vellians armé skulle vinna igen. Det var jag säker på.

Över kullen rullade nästa stridsvagn. Innan den hann komma i position för att skjuta mot oss fick jag iväg nästa skott. Explosionerna fick det att eka inuti roboten. Vi hade jämnat alla hus med marken och snart var stridsvagnarna borta. De var ingen match för oss. Stoltheten fyllde kroppen med ny energi och jag sprintade bort till en artilleripjäs som stod övergiven kvar. Med ett kraftfullt knytnävsslag med roboten blev den snart obrukbar.

Blänket från den nedåtgående solen fick mig att kisa. Det började bli sent. Den främmande världens två månar hade redan klättrat upp på himlen. Snart skulle kvällssignalen ljuda och sen skulle det vara ledigt tills striderna började igen imorgon. Om inte motståndarna kapitulerade under natten. Det fanns inte mycket kvar av deras armé.

Jag hittade Delus stående uppe på höjden. Hans gula

stjärna lyste trots smutsen. Han vinkade till mig och jag lyfte handen tillbaka. Jag kunde inte sudda ut leendet. Nästa permission var det dags. Det skulle äntligen bli vi två. Signalen ljöd. Den ekade över landskapet och varje stridsrobot vände om mot vårt läger. Jag var trött. Det värkte i hela kroppen. Det var tungt att styra våra robotar, men det var det värt. Med dem sopade vi banan med varenda motståndare vi mötte. De hade ingen chans.

Jag torkade bort svetten från pannan. Förhoppningsvis skulle jag hinna tvätta av mig innan jag skulle träffa Delus. Vacker skulle jag aldrig bli, men väldoftande kunde jag kanske hoppas på. Inte för att det var lätt. Vi hade stridit hela dagen på samma sätt som vi gjort den senaste månaden. Tidigare hade vi brutit ner motståndet på bara någon vecka, men den här gången hade stridsvagnarna dykt upp på stridsfältet och gjort motståndet svårare. En månad på samma ställe gjorde att maten hade minskats till ett minimum och vattnet var ransonerat. Tvål fanns inte att få tag på längre. Vi var alla smutsiga och slitna. De kunde inte hålla ut mycket längre. Kanske en dag till, sedan måste de ge upp.

Farbror Xosa, vår general, väntade på oss i hangaren. Han stod oberörd medan alla stridsrobotar radade upp sig framför honom. Uniformen var utan en rynka med Vellians armés symbol, ett stort slott med eld i tornet, ovanför vänstra bröstfickan. Han var den enda med en regelrätt uniform i armén, men så var han också vår beskyddare. Det var han som såg till att vi lyckades vinna och kunde komma hem till våra familjer efter striderna. För mig var han dessutom den ende fadersgestalt jag haft. När far och mor dog tog han hand om mig. Jag hade vuxit upp på slagfältet med alla soldater.

"Bra jobbat, soldater", sa farbror Xosa med hög röst. "Nu är det inte långt kvar.”

Han höjde armen i en segergest.

”Vellians armé vinner alltid.”

Ett oväsen utbröt när alla soldater höjde stridsrobotens hand i segergesten.

”Vellians armé vinner alltid”, skrek vi i korus.

”Lediga.”

Äntligen. Nu skulle jag snart få träffa Delus.

En halvtimme senare satt jag inne i förrådskammaren medan jag väntade på Delus. Hyllorna med robotpjäserna tornade upp sig som höga berg bredvid mig. Det luktade olja, vilket var lika bra eftersom jag trots en hel del skrubbande var full med oljefläckar efter stridsroboten och säkert stank jag med. Dörren gled upp med ett gnisslande läte och siluetten av Delos fyllde dörröppningen. Han tog ett stort kliv fram och drog in mig i sin famn. Dörren gled igen med en duns. Min näsa trycktes mot hans bröst. Han luktade hemma. Den där alldeles egna doften som bara Delos hade.

Han suckade när han väl släppte mig. Jag la handen mot hans kind, ställde mig på tå och gav honom en puss på munnen.

”Det är inte så långt kvar”, sa jag.

”Det trodde vi för tre veckor sedan.”

Han tog min hand och jag lutade mig mot honom. Han hade rätt. Det var ingen som hade trott att striden skulle vara så här länge. Vellians armé var känd för sin effektivitet. När väl kontraktet var påskrivet och vi fraktats till slagfältet tog det oftast bara en vecka innan vi besegrat motståndarna och kunde vända hem igen. Den här gången hade det inte blivit så.

”Ingen hade kunnat förutse stridsvagnarna”, sa jag.

”Jag är bara rädd att det kommer något som stoppar hemresan igen.”

Han såg sliten ut. Håret hade växt så det räckte nedanför hakan. Skäggstubben hade blivit ett ovårdat skägg och han hade blåa ringar under ögonen.

"Du kan lita på farbror Xosa", sa jag. "Vellians armé kommer alltid att vinna så länge han är general."

"Jag önskar att vi slapp strida", sa han och borrade in ansiktet i mitt hår.

"Sch", sa jag. "Inte så högt."

Jag drog hans armar runt mig så han höll mig hårt.

"Vi kan inget annat", sa jag lågt för att ingen skulle höra.

Det var farligt att protestera mot striderna. Vellian var helt beroende av inkomsterna striderna gav. De av oss som inte kunde slåss tillverkade det armén behövde. Hade farbror Xosa hört orden skulle Delos dömas för högförräderi och avrättas samma kväll. Jag rös. Det fick inte ske. Delos kramade mig hårdare. Han trodde säkert att jag frös.

"Striderna tar slut imorgon", sa jag.

Delos snurrade runt mig och kramade mig ännu hårdare.

"Jag älskar dig", sa han.

Jag lyfte blicken och log.

"Jag älskar dig också", sa jag.

Hans kyss fick mig att tappa andan. Snart var alla strider glömda och det enda som existerade var vår kärlek.

När morgonen kom hade kapitulationen inte kommit. Jag stod, iklädd stridsroboten, och kisade mot solen. Det var öde. Husen var jämnade med marken, artilleripjäserna sönderslagna och alla stridsvagnar låg omkullvräkta med stora hål i sidorna. Jag förstod inte varför de inte gav upp. Det enda de hade kvar var gångarna under marken de gömde sig i och därifrån skulle vi snart jaga upp dem.

Ett kraftfullt dån hördes. Marken skakade med jämna

mellanrum. Solen blänkte till i något enormt stort som höjde sig över marken. Dånet ökade i styrka. Skakningarna blev kraftiga. Svetten irriterade ögonen. Jag svalde. Saken som reste sig ur marken växte och växte tills den fyllde hela himmelen. Sen tog den ett stort steg och var uppe ur marken. Den stod still som om den väntade på att vi skulle göra första draget. Det var alldeles tyst. Ingen rörde sig. Hur kunde de gjort en sån enorm stridsrobot utan att våra spioner fått nys om det? Det var obegripligt.

Ytterligare en stunds tystnad och sedan brakade helvetet lös. En av stridsrobotarna skickade iväg en salva. Den slog ner precis framför vidundret. Dammet fyllde luften när vi alla sköt med allt vi hade. Efter en minut blev det tyst igen. Dammet skingrades långsamt. När jag kunde se vidundret igen bländades jag av solblänket. Jag hörde ett ursinnigt vrål från mina kamrater och de höjde nävarna. Jag stod som förlamad. Vidundret höjde armen. Det blixtrade till. Explosionen var så kraftig att jag kastades omkull. Jag kravlade mig upp. Var fanns Delos?

Det var ett stort hål i marken och resterna av en stridsrobot stack upp ur hålet. Hjärtat slog så hårt att jag skulle gå sönder. Jag var torr i munnen. Händerna darrade. Var fanns Delos? Den ena roboten efter den andra kravlade sig upp. En halvmåne, tornet, berget... Halvmånen tog tag i roboten i hålet och drog upp honom. Det var bara spillror kvar. Den rullade runt och stjärnan blev tydlig.

"Nej", skrek jag rakt ut.

Dimma dolde min blick. Jag kastade mig framåt. Roboten var inte gjord för att springa i, men jag tvingade benen att röra sig så snabbt jag kunde. Det blixtrade omkring mig. Marken skakade. Dammet yrde. Men det enda jag såg var vidundret.

Marken gav vika och jag föll ner på knä. Överkroppen fortsatte i samma fart. Jag lyfte upp armarna för att ta emot, men marken pulvriserades under mig. När överdelen av roboten trillade med huvudet före ner i hålet öppnades luckan och jag rullade ut i den mörka gången.

Yr satte jag mig upp. Ljuden från slagfältet var märkligt dova. Gången jag landat i var täckt av betong och det stora hålet i taket täcktes helt av min robot. Den var alldeles för tung att flytta. Jag hade svårt att andas. Jag torkade bort tårarna, men de fylldes bara på. Det skulle inte bli någon nästa permission. Aldrig mer. Smärtan slukade mig hel. Med ett kvidande sjönk jag ihop på marken. Huvudet sprängdes i småbitar. Musklerna värkte som om varenda muskel saknade Delos. Jag rullade ihop mig och gungade fram och tillbaka. Allt blev svart.

När jag blev medveten om omgivningen igen hade de dova ljuden uppifrån nästan slutat helt. Vi var kanske besegrade. Vellians armé som alltid vinner hade förlorat. Det spelade ingen roll. Det fanns inget liv däruppe oavsett om vi segrat eller förlorat. Efter allt gråtande var jag tom. Benen började röra sig.

Snart kom jag till en del av gångarna som inte hade några sprickor. Både tak, väggar och golv var täckta med betongen. Med jämna mellanrum fanns ljuskällor utplacerade i väggen. De var omringade av metall så ljuskällan lyste rakt fram, men knappast alls åt sidorna. Det här måste vara där motståndarna dolt sig under striderna. Gångarna måste leda ända bort till närmaste stad.

Ljuskällorna blev fler. Röster hördes, men jag kunde inte höra vad de sa. När jag kom närmare kunde jag urskilja två röster. Den ena fick magen att knyta sig till en knut. Det var något fel med den. Något som fick håren att stå upp på armarna som fortfarande var täckta av den sönderrivna overallen med det stora slottet med eld i tornet uppe vid axeln.

Rösterna blev tydliga. Jag svalde. Det kunde inte vara sant. Jag skyndade mot hörnet och kikade in i rummet där männen satt vid ett stort bord. På motsatta sida satt en skallig man klädd i motståndarnas dräkt prydd av ett träd. Med ryggen mot mig satt mannen vars röst gav mig kalla kårar. Det gick inte att ta fel. Det var farbror Xosa.

Jag vacklade till och fick ta tag i väggen för att inte falla. Vad gjorde farbror här? Kanske var han här för att förhandla om fredsvillkor. Den förhoppningen grusades med motståndarens nästa ord:

"Jag hade hoppats mer på roboten du sålde."

Farbror Xosa ryckte på axlarna.

"Vellians armé har rykte om sig att alltid vinna", sa han. "De är inte lätta att besegra. Utan krigsroboten hade ni redan varit besegrade."

Motståndaren drog med handen över skallen. Han såg bekymrad ut. Kylan fyllde min mage tills det kändes som om jag frusit fast.

"Det finns en morgondag", sa han. "Utan mer hjälp..."

"Det blir inte lätt", sa farbror Xosa med en röst som lät så ansträngt bekymrad att jag fick lust att skrika åt honom. "Jag kan få fram en krigsrobot till, men det kommer att kosta."

Motståndaren reste sig upp.

"Vi betalar vad som helst", sa han. "Vi måste vinna. Den här gången ska Vellians armé förlora."

Farbror Xosa reste sig och bugade. Jag hann inte reagera förrän han kom runt hörnet och fick syn på mig. Han tog ett stadigt tag i min arm. Jag kved till. Jag var blåslagen efter fallet från roboten, men han brydde sig inte om min smärta utan drog mig bort genom gången. Han var starkare än jag så jag lyckades inte ta mig loss oavsett hur mycket jag slingrade mig.

När vi närmade oss stridsroboten som hängde från taket stannade han och spände ögonen i mig.

"Hur vågar du spionera på mig?"

"Hur vågar du sälja vapen till motståndarna?"

Min röst darrade och jag hade tårar i ögonen.

"Det är nödvändigt", sa han och ruskade mig hårt. "Lika nödvändigt som att du håller tyst om det här."

"Det är högförräderi", sa jag och spottade mot honom, men han ryckte undan mig så loskan hamnade på väggen istället.

Farbror Xosa fnös.

"Det är därför soldater ska göra som de blir tillsagda", sa han. "Du har inte hela bilden. Vellian är beroende av inkomsterna från striderna."

"Jag vet", avbröt jag.

"Vi lever på att strida för dem som betalar mest", sa han med ett överdrivet pedagogiskt tonfall som om jag inte redan visste det. "Våra kunder betalar inte mer för att vi löser deras problem snabbt. De senaste åren har striderna i genomsnitt varat en vecka. Visst tar vi bra betalt, men varje uppdrag har en viss overhead. Uppdragen måste vara längre."

Det snurrade i huvudet. Jag hade kanske fått en smäll tidigare. Var det här mannen som hade uppfostrat mig som sin egen dotter? Den man som jag hade litat på? Han som jag varit övertygad om att vad som än hände skulle se till att vi var säkra och kom hem?

"Vad menar du?" sa jag med torr mun.

"Om uppdragen ska vara längre", sa han och släppte min arm, "måste motståndet vara större."

Jag mådde illa. Magen krampade och jag sjönk ihop mot väggen. Världen förvreds och blev en annan.

"Tack vare krigsroboten", sa han och pekade bort genom gångarna, "kommer striderna pågå längre och våra intäkter blir större."

Jag svalde.

"Sålde du stridsvagnarna till dem?"

"Ja, naturligtvis."

Händerna skakade. Jag hade svårt att se. Allt var dimmigt

utom farbror Xosa som pratade om varför Delos måste dö för att vinsten skulle bli större. Jag gned ögonen och vred huvudet för att slippa se honom. Då såg jag den. Den hängde i höjd med mitt huvud. Stridsrobotens arm.

Jag lutade huvudet bakåt mot väggen och försökte tänka. Tankarna rörde sig trögt. Farbror Xosa var den enda familj jag hade. Delos var far till de barn som jag nu aldrig skulle få. Hade jag skott kvar? Jag mindes inte. Inga klara minnesbilder efter att Delos föll. Farbror Xosa pratade fortfarande. Han tog min tystnad som samtycke. Imorgon skulle en ny krigsrobot orsaka ännu fler döda. Hur många fler par skulle skiljas åt för alltid? Det fick inte hända. Vellians armé måste vinna den här gången också.

Med en kraft jag inte trodde jag ägde sträckte jag mig upp, riktade robotens arm mot farbror Xosas huvud och tryckte på avtryckaren. Jag hann se hans häpna min innan gången lystes upp, världen skakade och allt blev mörkt.

Författarnotiser

VARNING SPOILERS. Om du inte har läst Vellians armé vinner alltid, är detta din enda varning. Gå tillbaka till början av novellen. Läs den. Njut av den. Låt mig inte förstöra berättelsen för dig. När du har läst klart kan du komma tillbaka hit och få höra mer om inspirationen till novellen.

Det är sällan som jag skriver militär science fiction, men den här novellen kan definitivt rubriceras som det. Även denna novellen inspirerades av ett poddavsnitt från Stuff You Missed in History Class. Den här gången handlade det om The Hessians som var en yrkesarmé som anlitades för att strida i olika strider. I min novell är det en hel planet vars intäkter kommer från att strida på olika planeter. Förutom att inspireras av historien bakom The Hessians så är den också inspirerad av konsultbolags affärsmodell. Kan du lista ut på vilket sätt?

Författare till Diligentiatrilogin
EVA HOLMQUIST
SOM EN FILM
Science fiction

Beskrivning Som en film

En intressant och rafflande SF-novell som ställer den alltid aktuella frågan: Vem är jag ... egentligen? - Sandra Petojevic

"Du måste ha tålamod", sa en kvinnoröst. "Sinnet tar en stund på sig för att anpassa sig till den nya kroppen."

Efter en olycka vaknar Marie upp på sjukhuset.

För ljust. Ögonen bränner. Bekanta, men ändå främmande röster pratar.

Vad har hänt?

En ny kropp? Vad menar kvinnan?

Marie upplever den nya tekniken först av alla.

Trasig kropp? Enkelt att få en ny.

Eller är det inte?

Som en film

När jag vaknade var det alldeles för ljust. Det brände i ögonen. Allt var vitt med svagt grå skuggor som rörde sig mitt i allt det vita. Jag slöt ögonen kvickt igen.

"Jag tror hon har vaknat", sa en mansröst bredvid mig. "Kan vi åka hem i eftermiddag?"

Den lät bekant, men annorlunda på något sätt. Huvudet värkte.

"Du måste ha tålamod", sa en kvinnlig röst som jag var säker på att jag aldrig hört förut. "Sinnet tar en stund på sig för att anpassa sig till den nya kroppen."

Det snurrade i huvudet. Jag mådde illa.

"Vad händer?"

Mansrösten lät orolig.

"Hon tappar medvetandet igen."

Rösterna försvann.

Nästa gång jag vaknade öppnade jag inte ögonen. Jag hörde djupa andetag från någon som sov. Annars var allt tyst. Ljuset var lika starkt som förra gången, men efter en lång stund öppnade jag försiktigt ögonen. Jag låg i ett vitt rum som var fyllt med olika apparater. Bredvid mig fanns en med stor skärm som visade någon kurva. Först tänkte jag att det var hjärtslagen, men kurvan såg fel ut. Vågorna och dalarna verkade slumpmässiga istället för de tydliga toppar som jag förväntat mig. Jag vred försiktigt på huvudet mot andetagen. Det satt en man hopsjunken i stolen. Han satt med öppen mun och verkade sova djupt. Han hade skäggstubb som om han inte rakat sig på flera dagar. På något sätt verkade han bekant, men jag hade svårt att greppa minnesbilderna. De verkade flyta som akvareller med alltför mycket vatten.

Rummet var jag däremot säker på att jag aldrig sett tidigare. Varför var jag här? Jag slöt ögonen igen och försökte få minnesbilderna klarare. Sakta klarnade de som film som framkallades. Mannen fanns med. Vad var hans namn? Stefan, så hette han. Och jag, jag hette Marie. Men jag fick ingen känsla av människorna bakom namnen. Jag skakade lätt på huvudet för att försöka få en bättre bild.

"Du är vaken", sa mannen som hette Stefan.

Han lät lättad.

"Jag var så orolig", sa han. "De hade kanske fel."

"Vilka?" undrade jag och öppnade ögonen.

Han stod lutad över mig, men på avstånd som om han inte vågade röra mig. Vagt kände jag att det var ovanligt. Det bruna håret föll ner i ögonen och han föste bort det med en otålig gest.

"Läkarna", sa han. "Bäst jag ringer så att de får kolla upp dig."

Han sträckte sig mot en röd knapp på bordet bredvid sängen. Jag reste mig hastigt. Huvudet snurrade, men inte så farligt.

"Vänta", sa jag. "Vad har hänt? Varför är jag här?"

"Det var en olycka", sa han och undvek min blick. "Läkarna får förklara."

Han tryckte på knappen. Det dröjde bara en sekund innan en kvinna klädd i vit rock kom in. Jag kände inte igen henne heller.

"Bra", sa hon med samma röst som jag hörde första gången jag vaknade. "Du tog längre tid på dig att vakna än vad vi förväntade oss. Hur känner du dig?"

"Jag vet inte", sa jag. "Konstig."

"Lite yr kanske" sa hon som om hon inte hört mitt svar. "Det tar tid för sinnet att vänja sig."

"Vänja sig vid vad?"

"Du hade tur", sa hon och kikade på den konstiga kurvan på apparaten. "För en månad sedan hade vi inte kunnat genomföra åtgärden."

"Vadå för åtgärd?"

Jag var torr i munnen. Det kändes som en mardröm där inget stämde överens och aldrig något förklarades.

"Du var svårt skadad, älskling", sa Stefan och tog min hand.

Det kändes fel. Lika fel som ordet älskling lät i hans mun. Ändå påminde det mig om något bekant.

"Kroppen gick inte att rädda", sa läkaren. "Som tur var kunde vi ladda upp dig i en ny kropp. Allt ser bra ut. Du kommer att bli helt återställd."

Hon log som om hon just sagt något normalt. Stefan kramade min hand.

"Är det inte underbara nyheter?" sa han.

Han log också som om han verkligen tyckte att det var underbara nyheter. Själv fick jag inte fram ett ord. Det kändes som om någon fyllt min mun med en strumpa. Ladda upp. Sinnet vänja sig. Det var obegripliga ord som jag inte förstod. Vad hade de gjort med mig? Jag höll på att storkna.

"Nu ska du bara ta det lugnt", sa läkaren. "Vi ska skämma bort dig med allt som du älskar."

"Chokladglass", sa Stefan. "Du älskar chokladglass."

Jag sa inget. De verkade veta mer om mig än vad jag visste själv. Älskade jag chokladglass? Jag kunde minnas att jag åt det, men det verkade ha hänt någon annan. Jag hade ingen känsla av att äta glassen och vad jag tyckte om den. Jag vågade inte säga något om det. Stefan var så förväntansfull.

Det dröjde inte länge innan en ung man kom in med en

stor skål med chokladglass.

"Ät nu", sa Stefan. "Njut av att allt är som det ska."

Tvekande tog jag skeden. Glassen var slät med mörkbruna ränder som om den var blandad med chokladsås. Det såg gott ut, men blicken från de tre i rummet fick mig att känna mig iakttagen. Jag skrapade upp lite av glassen och stoppade försiktigt in i munnen. Sötman fick mig att hosta till. Det var så sött. Olidligt sött. Ingen kunde tycka om det här. Jag var på vippen att spotta ut det när jag fick syn på Stefans förväntansfulla min. Med blicken fäst på hans ansikte svalde jag med en ansträngning. Jag fick kämpa emot illamåendet.

Jag lade mig ner igen och slöt ögonen.

"Jag är lite trött", sa jag och hoppades på att få vara ifred.

Jag behövde tid att tänka igenom vad som hänt och försöka få bukt med mina motsträviga minnen. De blev klarare för varje sekund, men kändes inte som mina.

"Naturligtvis", sa läkaren. "Du och din man behöver tid för er själva."

Jag spärrade upp ögonen. Min man. Var Stefan min man?

"Hur är det?" sa Stefan oroligt.

"Det känns konstigt", sa jag. "Minnena är så förvirrande."

"Men du minns väl mig", sa han med ett osäkert skratt.

"Naturligtvis", sa jag en aning för sent.

"Du ska ha alla dina minnen", sa han och släppte min hand. "Kanske inte olyckan, men resten."

Jag nickade. Visst hade jag minnen. Stefan var med i många av dem. Det var klart han måste vara viktig. Men man? Jag hade alltid tänkt mig att jag skulle känna något speciellt för min man. Det skulle pirra i magen som om fjärilar fladdrade runt där. Det kände jag inte nu.

"Kommer du ihåg när vi möttes?" frågade Stefan.

Jag letade bland minnena och fann ett som verkade vara det tidigaste med Stefan.

"Det var hemma hos Anette på kräftskivan", sa jag och fick

det att låta som en fråga.

"Ja", sa han och lät lättad. "Hennes brorsa och jag tränade kanot tillsammans och de bjöd med mig. Kände mig som ett fån där när jag inte kände någon annan, men så kom du ut i köket och skulle hämta mer dricka."

Han svalde hörbart.

"Det kan du inte ha glömt."

Och nej, det hade jag inte. Jag mindes hur han sken upp när jag kom in. Han hade varit så söt och ansträngde sig så för att göra intryck på mig. Jag mindes fjärilarna, men det var som om det hänt någon annan.

"Vi fastnade i köket hela kvällen", sa jag. "Till slut kom Anette ut själv och hämtade drickat."

Stefan log lättat.

"Där ser du", sa han. "Du minns. Det är bara din nya kropp som du måste vänja dig vid. Snart är allt som innan."

Jag nickade.

"Jag måste vila", sa jag och slöt ögonen igen.

Som jag hoppats tystnade Stefan. Allt var så förvirrande. Minnena var klara och tydliga nu, men de var som en film jag kunde spela upp i huvudet. De kändes inte rätt. Kanske var jag tvungen att släppa det. Något hade hänt mig. Jag kunde inte ignorera det och bara fortsätta vara den där Marie vars minnen jag hade. Vem var jag? Vad tyckte jag om? Vad ville jag med livet? Det var kanske det jag måste fokusera på.

Dörren öppnades.

"Här kommer din älsklingsrätt", sa läkaren.

Rummet översköljdes av dofter av grillad oxfilé, stekt potatis och bearnaisesås, men förstärkt hundra gånger. Jag fick kväljningar direkt.

"Jag är inte hungrig", sa jag.

"Det är absolut inget fel på dig", sa läkaren.

Hon lät irriterad. En tallrik ställdes ner med en smäll på bordet. Motvilligt öppnade jag ögonen igen. Det ångade om maten. Motvilligt satte jag mig upp och skar av en bit av oxfilén. Den var rosa inuti. Perfekt tillagad, men jag kunde inte förmå mig att stoppa den i munnen. Läkaren knep ihop munnen till ett streck. Stefan såg ännu mer orolig ut.

”Jag förstår inte varför jag måste äta just nu”, sa jag.

Jag kände hur mungiporna pekade neråt.

”Det är viktigt att du kommer in i dina normala rutiner”, sa läkaren.

”Normala”, sa jag. ”Vad är normalt i den här situationen?”

Jag kastade av mig täcket och slet av sladdarna de fäst på huvudet. Apparaten bredvid sängen började pipa. Ett högt ihållande pip som fick mitt huvud att kännas som det skulle explodera. Dörren kastades upp och in rusade en ung man. Han blev stående när han fick syn på mig på vingliga ben och med händerna tryckta mot öronen för att stänga ute ljudet.

Läkaren viftade lugnande mot honom.

”Vi har situationen under kontroll”, sa hon.

När den unge mannen gått igen gick jag osäkert mot skåpet som jag misstänkte innehöll mina kläder. Stefan tog tag i min hand.

”Vänta”, sa han. ”Vart är du på väg?”

”Jag måste ha lugn och ro”, sa jag och hörde själv hur hög rösten var.

”Vad du än behöver”, sa Stefan, drog in mig i famnen och lutade huvudet mot mitt.

Jag stod stilla med armarna hängande. Han var min man så det var klart han måste få krama mig, men själv hade jag ingen lust. Han luktade unket.

”Röker du?” frågade jag.

Han lyfte på huvudet.

”Vet du inte det?” sa han.

Oron hade kommit tillbaka i blicken.

”Jo”, sa jag och såg bilder med honom och en cigarett i munnen. Äckligt var det med lukten av cigaretter från hans hud. Stefan böjde sig fram för att kyssa mig. Instinktivt backade jag.

"Vill du inte ens kyssa mig?"

Munnen förvreds till en ledsen grimas.

"Jag känner dig inte", sa jag innan jag hann hindra orden. Jag såg hur chocken drabbade honom som en hink med kallt vatten. Han kippade hörbart efter andan.

Läkaren suckade hörbart.

"Det är klart du känner din man", sa hon och stängde av den pipande apparaten. "Vi har laddat upp hela dig med alla dina minnen. Det är bara en ny kropp. Det ska inte vara någon skillnad."

"Det känns annorlunda", sa jag och backade bort från Stefan som såg besviket på mig.

Det kändes som om de ville att jag skulle vara en annan person, men jag visste inte hur jag skulle förklara det.

"Du minns mig", sa Stefan och tog ett steg mot mig.

"På sätt och vis", sa jag. "Minnena är som en film. Jag kan se vad som hände, men det känns inte som om det hände mig. Allt känns annorlunda. Jag tycker ju inte ens om det som den där Marie tyckte om."

Jag ryckte till mig tallriken med oxfilén och kastade ut den genom fönstret.

"Jag är inte hon", sa jag. "Varför får jag inte vara mig själv?"

"Du är visst Marie", sa Stefan, men han lät osäker som om han tvivlade på det själv.

"Det här är bara dumheter", sa läkaren. "Du är fortfarande förvirrad efter uppladdningen."

Hon tryckte på den röda knappen.

"Oroa dig inte", sa hon till Stefan. "Vi fixar det."

Jag fick en stor klump i halsen. Den unge mannen öppnade dörren igen. Den här gången hade han med sig breda band. De skulle binda fast mig här. Insikten fick illamåendet att komma tillbaka. Jag visste inte vad jag ville, men det var definitivt inte att vara inspärrad här med alla som försökte övertyga mig om att jag tyckte om allt jag hatade. Det var inte ett beslut, men benen rörde sig ändå. Mot fönstret och räddningen.

Det gjorde ondare än jag föreställt mig. Jag försökte röra mig, men varken armar eller ben lydde. Det hade varit högre än vad jag trott. Bredvid låg resterna efter tallriken med maten jag kastat ut innan. Det var inte mycket kvar av den heller.

Jag hörde springande steg närma sig. En flämtning som lät som Stefans och sedan kräktes någon våldsamt jämte mig. Jag kunde se hur gallan skvätte på asfalten.

”Det är fortfarande inte för sent”, sa läkarens röst. ”Vi kan laga henne.”

Hon lät oberörd som om jag inte låg sönderslagen framför hennes fötter.

”Det spelar ingen roll”, sa Stefans röst. ”Jag får ändå inte tillbaka min hustru.”

Jag blev kall när jag hörde hans ord. Men jag då? Var jag inget värd? Sedan blev allt svart.

Författarnotiser

VARNING SPOILERS. Om du inte har läst Som en film, är detta din enda varning. Gå tillbaka till början av novellen. Läs den. Njut av den. Låt mig inte förstöra berättelsen för dig. När du har läst klart kan du komma tillbaka hit och få höra mer om inspirationen till novellen.

Under en period läste och recenserade jag böcker för Spektakulärt. En av de böcker som jag läste var Tänk Robot av Peter Ekberg. Han diskuterar i boken möjligheten av att ladda upp vårt medvetande i en robotkropp och det fick mig att fundera. Mycket av det vi känner och upplever är så tätt sammankopplat med vår fysiska kropp. Hur skulle det vara att helt plötsligt ha en helt annan kropp? Det är den frågan som novellen utforskar.

Kimya - Provläsning

I Fyrstaden straffas magi med döden.

Unga Gina lever redan farligt. Hon har alltid tvingats dölja sin medfödda magi. När en ny kraft som hon inte kan kontrollera hotar att avslöja henne måste Gina göra det omöjliga: Förstå sina krafter och utforska det förbjudna.

Kimya är första delen i en ny urban fantasy-serie som utspelar sig i ett dystopiskt samhälle med magi, illegal handel med magiska föremål och en hemlig motståndsrörelse.

"Ett spännande äventyr i en mörk och dystopisk värld."
Anna Jakobsson Lund, författare till serien om intergalaktiska akademin

Kapitel 1

David slängde i sig frukosten. Han var sen eftersom han hade försökt undvika Popper. Nu stod hon med händerna i kors och blängde på honom. Hennes hår hängde i stripor i en frisyr som måste varit modern när hon var ung. Två djupa veck pekade neråt från mungiporna. Hon hade inte sagt ett ljud sedan han kom in i matrummet, men nu öppnade hon munnen och han stålsatte sig inför vad som skulle komma.

"Gå direkt hem efter skolan", sa hon med betoning på varje ord.

David knep ihop läpparna för att inte säga något han skulle ångra. Käkarna spände och han kände huvudvärken komma. Hennes tonläge var arrogant. En flod av känslor steg upp inom honom, men han tryckte ner dem. Det var alltid när känslorna svallade som hetast som han tappade kontrollen över magin. Han fick inte avslöja sig. Gjorde han det skulle hon anmäla honom till Omprom, anläggningen för omprogrammering, för att slippa ha honom i sitt hem.

David stoppade in det sista av algerna i munnen och slängde ner konservburken i återvinningen.

"Du ska skita i vad jag gör", sa han. "Du är inte min väktare."

Popper fnös. "Jag inte bett om att få ta hand om dig. Du är den konstigaste pojke jag någonsin råkat på. Det är något fel ..."

"Jag är väl den enda som du umgås med", avbröt David. "Det är ingen annan som står ut med dig."

Popper tog ett steg närmare honom. Det osade en svag doft

av alger från henne. Han fick hindra sig själv från att ta ett steg bakåt. Lukten kom från hennes arbete på livsmedelsfabriken. Den gjorde honom illamående, men han ville inte ge vika.

"Gör som jag säger", sa hon. "Du tror att du vet bäst, men du är en liten pojke som inte har någon aning om vad som krävs för att överleva. Var tacksam. Ingen annan ville ta hand om dig efter bilolyckan. Du ska inte få förstöra mina chanser med dina tonårsfasoner."

Han hade bara varit tretton ett halvår och ändå spelade hon tonårskortet. Inte för att hon hade varit mindre missnöjd med honom när han var tolv. I stället för att rygga undan från henne tog han ett steg fram. Algdoften blev ännu starkare. Han knöt nävarna. Naglarna skar in i handflatorna.

"Jag är ingen liten pojke", sa han. "Lämna mig i fred."

Han lämnade matrummet så snabbt han kunde. De höll reda på om man kom till skolan i tid. Popper hade säkert börjat bråka med honom för att få honom att komma för sent. Skickades han till Omprom för sen ankomst skulle hon slippa honom. Det var säkert därför som hon grälade på honom. Lägenhetsdörren gled igen bakom honom. Det var mörkt i hallen. Lyset var sönder igen. Han sprang snabbt nerför de slitna trappstegen.

Gina stirrade på skärmen. Händerna darrade och en hinna för ögonen gjorde det svårt att se, men hon hade inte misstagit sig. Det var bara för att visa pappa att hon kunde, som hon hackat sig in i registren, men hennes upptäckt förändrade allt. Hon var inte pappas dotter. Var hon kom från visste hon inte, men hon fanns inte i registren innan pappa och mamma flyttade till Fyrstaden. Innan dess var det bara föräldrarna som var registrerade i bostaden. Föräldrar förresten. Det var de ju inte. De hade ljugit hela hennes liv. Vem gjorde något sådant? Första bostaden där hon fanns med var i Fyrstaden och då var hon två år. Var fanns hon innan dess?

Hon lutade sig bakåt och stirrade upp mot taket. Längst upp hade mamma målat bollar i rött, orange och gult. Färgexplosionen fick henne att tänka på när mamma kommit hem med färgen och sedan glatt balanserat på stolen som hon lutat mot väggen för att nå. Det var innan mamma blev sjuk och glädjen i den stunden brukade få henne att le, men nu gjorde den henne illamående. Mamma måste vetat att hon inte var deras dotter. Allt var bara lögner.

Dörren in till pappas sovrum gled upp.

"God morgon Gina." Pappas röst lät oförskämt glad.

Gina snurrade runt på stolen så att hon såg på sin pappa.

"Var kommer jag ifrån?"

Pappa vände ryggen mot henne och drog fram en konservburk från matrännan.

"Du vet ju hur barn blir till." Han tappade konservburken på golvet och fick böja sig ner för att ta upp den igen. När han ställde den på bordet undvek han att se på henne.

"Jag vet tillräckligt mycket om hur bebisar blir till för att veta att de inte dyker upp ur tomma intet två år gamla."

Pappa stannade till. Hon tyckte att han sjönk ihop.

"Jag vet inte vad du pratar om." Han drog handen genom det korta mörka håret och satte sig vid bordet, fortfarande med ryggen mot henne.

Så lätt skulle han inte komma undan.

Hon följde efter, gick runt matbordet, lutade sig mot väggen och la armarna i kors över bröstet.

"Du har ljugit för mig."

Händerna skakade och hon greppade overallen under armarna för att pappa inte skulle se.

"Inte ljugit", sa han och stoppade ner konservöppnaren.

"Inte ljugit!" fräste Gina med höjd röst. "Vad kallar du det då?"

"Jag har inte berättat allt." Han försökte få konservöppnaren att samarbeta, men händerna skakade alltför mycket så till slut sköt han ifrån sig burken i stället. "Det är inte samma sak som att ljuga."

"Hårfin skillnad."

"Spelar det någon roll om du är adopterad? Du är min dotter alldeles oavsett vilka dina biologiska föräldrar är."

"Det spelar visst roll", sa Gina och hämtade en konservburk i matrännan. Hon gned händerna i ögonen som sved.

"Var mamma med på det?"

"Vi längtade efter ett barn", sa pappa med låg röst. "Din mamma hade en genetisk sjukdom så vi godkändes inte som föräldrar. Det var därför vi flyttade."

"Ni borde ha berättat."

Pappa drog åt sig konservburken, petade bort en bit av etiketten och drog av den.

"Din mamma ville berätta när du blev stor nog, men hon dog innan dess."

Han rev etiketten i små bitar som föll ner på bordet som om det snöade.

"Du har haft gott om tid."

"Jag är inte lika modig som din mamma var. Jag har inte vågat."

Han samlade ihop pappersbitarna framför sig.

Gina öppnade konservburken med ryckiga rörelser.

"Varför skulle det vara så svårt?"

Hon slet till sig pappas konservburk och öppnade den också. Smällen ekade i rummet när hon slog den i bordet framför honom. Han undvek fortfarande hennes blick.

"Det är olagligt", sa pappa. "Hade det bara drabbat mig skulle det inte ha spelat lika stor roll, men jag ville inte riskera ditt liv."

Gina snurrade på burken framför sig. Olagligt. Varför var det olagligt? Det måste finnas mer som pappa inte berättat.

"Berätta allt", sa hon.

Pappa greppade några nudlar med fingrarna och släppte in dem i munnen.

"Du måste till skolan", sa han.

"Ja, därför är det bäst att du skyndar dig."

"Vi längtade efter barn", sa han igen, "men vi underkändes gång efter gång. Din mamma var förtvivlad. När man underkänts som föräldrar får man inte adoptera heller, så vi hade ingen chans att bli föräldrar om vi stannade kvar i Femstaden. Städernas register är separerade och de brukar inte kontrollera uppgifterna på inflyttade. De litar på att datorerna inte gör några misstag, men jag kunde förändra informationen som skickades till Fyrstaden."

"Men var fick ni tag på mig?"

"Det finns en olaglig handel. Barn som av olika skäl inte kan bo kvar hos sina föräldrar, men där man inte vill gå genom de officiella kanalerna, finns listade hos en adoptionsbyrå. Så fort vi kom till Fyrstaden besökte vi adoptionsbyrån och det fanns en liten flicka som behövde ett hem. Du har varit vår dotter sedan dess."

Gina sköt konservburken ifrån sig.

"Alla säger att vi är så lika."

"Det är ovanligt med mörkhyade i Fyrstaden", sa pappa. "De flesta ser bara hudfärgen. Vi hade fått mycket fler frågor om du varit ljushyad."

Han sköt sin stol mot henne och la armen om hennes axlar.

"Du är min dotter på alla sätt som betyder något. Jag älskar dig. Din mamma älskade dig. Det är det som är viktigt."

Gina svarade inte. Det var inte så lätt, men hon kunde inte förklara hur hon kände. I stället var hon tyst.

"Klockan är mycket", sa pappa och reste sig. "Du måste skynda dig till skolan."

Gina nickade, men undvek pappas blick. Hon var inte beredd att förlåta honom för hans lögner ännu.

ॐ

Falk stod längst bak i rummet med händerna på ryggen, medveten om att han stack ut med sin svarta overall och den svarta mustaschen. Utsikten över sjön bredde ut sig bakom honom, men han motstod frestelsen att vända sig om. Fars fotografi hängde på vänstra väggen, men han vägrade titta dithåt. Om planerna gick i lås skulle han aldrig behöva lyda tyrannen mer.

Längst fram stod Linder, chefen för ordningspolisen. Det innebar att han också ansvarade för Omprom och reduceringsanläggningen. Med överdrivet precisa ord redogjorde han för arbetet med att hålla Fyrstaden säker från oönskade element. Mannen var en idiot. Det fanns vägar för att undvika upptäckt. Ordningspolisernas patrulleringsstråk såldes till dem som betalade tillräckligt. Den olagliga handeln var livaktig i Fyrstaden. Om motståndare till stadens styrelse var försiktiga upptäcktes de inte. Och när det gällde människor med magiska krafter dolde sig Falk rakt under Linders näsa. Ingen var medveten om att Falk kunde se in i framtiden och de skulle heller aldrig få reda på det. Visionerna gav honom en fördel. De hade tagit honom till den här positionen. Om han bara kunde bli av med Linder skulle vägen ligga öppen. Inte ens far skulle kunna stoppa honom.

"Kapaciteten hos Omprom", fortsatte Linder, men avbröts av ett högt brak. Dörrarna in till salen bågnade och bröts sedan mitt itu. In klev en kvinna med så ljust hår att det nästan såg ut att vara vitt. Munnen var hopknipen till ett smalt streck. Genom dörrarna kunde Falk se ordningspoliser som stod redo, men ingen hade aktiverat dem. Falk tog några steg framåt. Kvinnan pekade på Linder.

"Vi har också rätt att leva!" Hon vräkte fram andra handen och Linder for genom luften ut genom fönstret som krossades i tusen bitar.

Falk stängde munnen med en smäll. Vilken imponerande kraft! Med den hade far blivit imponerad. Sedan fick han liv.

"Ordningspoliser!" skrek han och trängde sig fram mellan förstelnade ämbetsmän. Ordningspoliserna i korridoren utanför aktiverades med ett klick.

"Ta fast kvinnan", sa han och pekade på magikern som lyckats med det han själv försökt så länge.

Hon gjorde förvånansvärt lite motstånd. Med hennes krafter borde hon kunnat undvika ordningspoliserna utan problem, men det var som om luften gick ur henne så fort Linder försvunnit ut genom fönstret.

Ordningspolisernas programmering var tillräckligt avancerad för att de lätt skulle kunna fånga magikern. Om hon använt sin kraft hade det varit en annan sak, men hennes misstag var att hon försökte undvika dem. De var mycket snabbare än en människa på plant underlag och hon hade ingen chans att komma undan. När hon väl var infångad och stod med hängande huvud och armarna fastlåsta bakom ryggen trängde sig Falk fram till fönstret och kikade ut. Långt därnere såg han Linders kropp ligga. Han nickade. Det var reduceringsanläggningen som gällde oavsett Linders höga position inom stadens styrelse. Efter några snabba kommandon gav sig två av ordningspoliserna i väg för att frakta bort kroppen.

Magikern stod fortfarande med huvudet nedböjt. Falk kunde inte förstå varför hon inte använde sin magi för att kämpa emot, men det var inte hans problem. Han lät blicken svepa över de samlade ämbetsmännen. Ingen hade gjort något för att ta tag i situationen. Det var bara han själv som agerat. Det borde ge honom en bra chans att få överta jobbet som chef för ordningspolisen. Bara ingen fick reda på att han själv hade magiska krafter.

"Du har mördat Linder", sa han till magikern. "Omprom är inte tillräckligt. Straffet för det måste bli reduceringsanläggningen."

Kvinnan ryckte till, men hon sa fortfarande ingenting. Inte ens när ordningspoliserna släpade ut henne sa hon något. Det var som om alla ord tagit slut efter Linders död. Det blev väldigt tyst när ordningspoliserna lämnat salen. Alla stod med halvöppna munnar och stirrade på Falk. Inkompetenta idioter.

"Röj upp här", sa han högt. Sedan vände han på klacken och lämnade rummet. Det fanns mycket att planera för.

Kapitel 2

David rusade ut på gatan och trängde sig förbi grannfrun som stod framför porten och spärrade vägen. Morgonrusningen gjorde det svårt att ta sig fram. Varje morgon fylldes gatorna av människor på väg till arbetet. Även om befolkningen i staden sjunkit drastiskt var det många när alla samlades på samma ställe.

En halvtimme senare stannade han utanför skolan. Det var en stor fyrkantig byggnad som var omringad av smala gator på varje sida. Nedersta våningen var helt slät och smutsig nedtill av det sot som funnits i luften när bilarna översvämmat staden. Numera fanns bara ett fåtal bilar som tjänstemännen åkte i för att komma till olika delar av förvaltningen, men smutsen fanns kvar.

Han drog ett djupt andetag och slet sedan upp skoldörren. Fem killar i hans egen ålder stod där inne. De skrattade åt något. Ansiktet blev varmt. Han höll huvudet riktat mot golvet, knöt händerna och passerade dem i rask takt för att de inte skulle hinna tilltala honom.

Båset slöt sig om honom. Väggarna var bara fem centimeter från hans armbågar. Från taket sänkte sig lärohjälmen sakta ner. En svag vibration runt huvudet talade om att kontakten var etablerad. Han väntade på flödet av kunskap, men det kom inte i dag heller. Skärmen framför lystes upp av orden *Maxnivå av kunskap uppnådd* och hjälmen reste sig sakta upp igen. Skoldagen var redan slut. Han tog med maten från hyllan och gick ut i vestibulen.

Det ekade av steg mot stengolvet. Ytterdörren svängde igen om en gestalt klädd i orange overall. Det surrade i huvudet. Han skyndade på stegen, men när han hunnit ut var personen borta. Han körde ner händerna i fickorna, böjde huvudet mot blåsten och började gå.

❧

Gina tog två trappsteg i taget och föll ut genom porten på nedersta våningen. Hon landade i famnen på Caroline som vacklade till.

"Ta det lugnt", sa hon med ett skratt. "Så bråttom har vi inte."

Kinderna hettade när Gina rätade på sig. Värmen från Carolines armar fick henne att pirra. Det var säkrare att hålla avstånd.

"Hade bråttom att undvika pappa. Kom så går vi."

De höga hyreshusen skuggade gatan och hon frös en smula.

"Bråkade ni?" sa Caroline. Hennes bruna hår vajade längs ryggen. Framtill var det klippt kort, men bak var det så långt att det räckte till midjan. Den annorlunda frisyren passade henne.

De svängde in på nästa väg. Asfalten var gropig. Lukten av avlopp fick Gina att grimasera. Staden var förfallen och det var bara vissa stadsdelar som reparerades. Inte det kvarter där hon bodde. Pappa hade ett bra jobb som programmerare, men han tjänade inte tillräckligt för att de skulle kunna bo i de fina områdena.

Caroline stötte till henne med armbågen. Hon väntade på ett svar. Gina svalde. Upptäckten var så stor att den brände ett hål i hennes mage. Hon var inte säker på att hon orkade berätta. Inte ens för sin bästa vän.

"Det känns bättre att prata om det", sa Caroline och stötte till henne igen. Mjukare den här gången. "Vad har hänt?"

102

”Han är inte min pappa”, sa Gina.

”Inte? Jag tycker att du och din pappa är lika.”

Gina fnös. ”För att vi båda är mörkhyade med svart hår då?”

Caroline gjorde en grimas. ”Förlåt, det var dumt sagt. Men hur vet du det?”

Ögonen sved. Vinden fick tårar att samlas. Hon borrade ner händerna i fickorna.

”Jag lyckades”, sa hon.

”Med att komma in i stadens register? Snyggt.”

En våg av stolthet överraskade henne. Hon hade faktiskt lyckats även om det kändes som ett nederlag.

”Jag kom åt både Fyrstadens och Femstadens register. När jag bara fanns med i det ena var det lätt att inse att de ljugit för mig. När jag konfronterade honom så erkände han allt.”

”Så han har ljugit för dig hela ditt liv”, sa Caroline och slog ner på den viktiga delen av informationen.

Gina nickade.

”Då kan du inte fråga honom om dina krafter.”

Gina skakade på huvudet. Det satt en klump i halsen som gjorde det svårt att prata.

”Då tar vi reda på vilka dina biologiska föräldrar är”, sa Caroline och gav henne en snabb kram.

En varm glöd tändes i bröstet. Hon skulle gissat att Caroline skulle finna en lösning. Gina tog tag i Carolines hand och kramade den. Hennes vän ställde alltid upp.

Falk anlände sist av alla till mötet som rådsordföranden kallat till. Konferensrummet användes sällan och var så smalt att det knappt rymde det avlånga bordet. Den gamle mannen satt vid kortändan. Den blå blicken kylde in till ryggmärgen. Falk fick anstränga sig för att inte irritationen skulle synas. Med en nick mot rådsordföranden gick han i stället längs bordet och satte sig längst ner på långsidan på den enda platsen som var ledig. Han fick en skadeglad blick från Wilson. Hans bruna skägg var ovårdat. Ärmarna på den bruna overallen var för korta. Vad hade Wilson att känna sig märkvärdig över? Övriga kollegor undvek Falks blick. Bakom ämbetsmännen på andra sidan bordet kunde han se sjöns grå vatten. Det blåste i dag och vågorna var höga.

"Som jag sa innan Falk dök upp", sa rådsordföranden med ytterligare en kall blick mot hans håll, "så behöver vi lösa situationen så snabbt som möjligt. För att kunna göra det behöver vi all information."

Hans högra hand greppade käppen vid hans sida så hårt att handen vitnade. De mörka leverfläckarna framträdde skarpt mot den vita hyn.

"Linder avled av sina skador och kan inte ge någon information om varför han angreps", fortsatte den gamle mannen. Återigen borrade sig isblicken in i Falks. "Tyvärr avrättades den skyldiga magikern innan hon kunde förhöras."

Falk tvingade händerna att ligga stilla på bordet utan att ge något synligt tecken på känslostormen i hans inre.

"Den magin var alltför farlig för att vi skulle våga riskera att hon undkom", sa Falk med tydlig röst. "Ingen av oss vill ha magiker fria att ta makten."

Den äldre mannen var så gammal att han säkert hörde dåligt. Det tog en lång stund, men till slut nickade rådsordföranden instämmande.

"Det är helt rätt", sa han. "Du agerade kraftfullt och skyndsamt inför hotet. Olyckligtvis förhindrade du det inte."

"Vem vet vilka andra hon skulle ha attackerat om hon fått chansen?"

Ledaren knep ihop läpparna till en smal vit linje.

"Det lämnar oss med alltför lite information om varför Linder attackerades. Vad var magikerns mål med attacken? Om vi inte vet det, så kan vi inte förhindra att något liknande sker igen. Det kan finnas fler som döljer sig."

Ett instämmande mummel hördes från kollegorna. Falk sa inget. Än så länge var det självklarheter som deras ledare uttryckt. Det kunde inte vara därför han samlat dem alla. Rådsordföranden lät blicken glida från den ena till den andra. Varje person rätade på sig när hans blick vilade på dem.

"Linder hade en viktig position", fortsatte han till sist. "En ersättare måste utses så snart som möjligt. Den personen kommer också få som uppgift att ta reda på orsaken till attacken mot Linder. Vi måste utrota hotet innan det äventyrar stadens styre."

En svag glimt på sjön fångade Falks uppmärksamhet. Rådsordföranden fortsatte att tala, men Falk hörde inte längre orden. Blicken for ut mot sjön. Ett mörkt område bredde ut sig tills den var som en blank rund spegel. Nej, inte en vision igen! Inte just nu med alla kollegor runt omkring. Men han kunde inte stoppa den, inte mer än att han kunde sluta andas. En bild tonade fram.

Rådsordföranden stod lutad mot sin käpp. Han öppnade munnen och sa:

"Till ny chef för ordningspolisen har vi beslutat att utse Falk."

Med ett ryck var Falk tillbaka i rummet. Visionen var över. Han kände sig yr. Bytet från ena tidsdimensionen till den andra var alltför hastigt. Svett bröt fram i pannan och han kämpade för att verka oberörd.

"Det är ännu viktigare nu att vi är på vår vakt mot magiker", sa rådsordföranden.

Bordet var svalt mot Falks fingrar. Wilson stirrade misstänksamt mot honom. Vad hade han sett?

"Jag litar på att ni alla är uppmärksamma och rapporterar all misstänkt aktivitet", sa rådsordföranden.

Ledaren reste sig och lät blicken glida över dem igen. Inbillade Falk sig att den kylslagna blicken stannade extra länge på honom? Han hade inte bearbetat visionen ännu. Den var allt han drömt om, men han kunde inte släppa tanken på om någon av hans kollegor anade något. Deras ledare lämnade rummet och så fort dörren slagit igen bakom honom och ljuden från käppen försvunnit bort till hissen, reste sig Falk och lämnade rummet. Han var fortfarande yr och fick anstränga sig för att gå rakt. Det var en lättnad när han stängt dörren efter sig och inga blickar längre såg honom. Han behövde tid för sig själv för att bearbeta visionen och bestämma en strategi.

Kapitel 3

'Nyckel', tänkte David och den låg i handen.

Han såg sig omkring för att kontrollera att ingen sett. Om han använde magi skulle han hamna på Omprom snabbare än han hann blinka.

Hans hemliga gömställe var övergivet, men låst. Nyckeln hängde på en rostig spik i förrådet bredvid. Han vågade aldrig ta med den. När som helst kunde ämbetsmännen bestämma att huset skulle användas igen. Då måste allt vara som han fann det.

Förrådet var fullt med sönderrostade oljefat som såg ut som om de skulle gå sönder bara han nuddade vid dem. Den rödbruna rosten bildade oregelbundna hål med vassa kanter. Innanför faten fanns en vinglig trähylla och det var högst upp på den alldeles vid taket som nyckeln hängde. Han var glad att både kunna hämta och lämna nyckeln utan att behöva klättra.

Som vanligt blev det alldeles tyst när han kom in i huset som låg skyddat från vinden och i ett övergivet område. Tapeterna hängde lösa halvvägs upp på väggen. Översta delen nuddade golvet så att det blev ett utrymme mellan väggen och tapetvåden. Glassplitter låg nedanför fönstren. Resterna av en gammal matta var hopföst i en hög i det mest skyddade hörnet. Där slog han sig ner och tog fram en konservburk. Ur andra fickan tog han upp sin kniv och tryckte ner i locket.

Konservburken var svår att få upp. Med två fingrar greppade han groddarna och släppte in dem i munnen. De hade inte mycket smak, men stillade den värsta hungern. Enligt Popper innehöll konserverna alla näringsämnen. Hon borde veta.

Det var bara någon vecka som han skickats hem från skolan, men han var redan så uttråkad att han kunde spy. Det fanns inget tillåtet att sysselsätta sig med. Lägenheten var låst. Upptäcktes han av patrullerande ordningspoliser när han borde varit i skolan skulle han skickas direkt till Omprom. Hittills hade han inte vågat gå någon annanstans än till sitt hemliga gömställe som han upptäckt första dagen och vandra runt i området i närheten av skolan, men det måste vara fler elever som skickades i väg. Hur farligt kunde det egentligen vara?

Ett skrapande ljud fick honom att stelna till. Inget mer hördes. Allt var stilla. Försiktigt ålade han sig fram till fönstret. En låg duns. Han kikade ut. Det var en katt. Den smög ut från förrådet genom dörren som han glömt att stänga. Svansen som var orange stack upp i luften som en antenn. Med några smidiga skutt försvann den ut från gården.

David slappnade av. Inga ordningspoliser. Det var bara en katt.

❧

Gina stannade när hon fick syn på området. De höga husen bakom deras ryggar gav lite lä, men inte mycket. Framför henne såg allt annorlunda ut. Husen var lägre, bara två våningar, och med träpanel som skiftade i rött. En mörk hinna täckte väggarna i stora oregelbundna fläckar. Smala gångar slingrade sig mellan husen. Mellan gång och hus låg stampad jord och ytterdörrarna stod på glänt. Hon kunde se ända fram till de höga husen på andra sidan. Människor rörde sig i rask takt över hela området. En kille klädd i en overall gjord av olika tygbitar gick in genom en dörr i gången framför henne och kom ut igen efter en kort stund. Den här gången med en ryggsäck slängd över ena axeln. Längre ner gick han in genom en annan ytterdörr. När han kom ut igen såg ryggsäcken fullproppad ut.

"Det är som om ordningspoliserna aldrig kommer hit", sa hon till sist till Caroline som stod tyst bredvid henne.

"Enligt mamma gör de inte det", fick hon till svar. "Hon skulle bli galen om hon visste att vi besökte Marknaden."

"Jag måste hitta adoptionsbyrån som pappa pratade om", sa Gina och knöt händerna. "De kan ha uppgifter om mina biologiska föräldrar."

Caroline nickade.

"Kom", sa hon och började gå ner till området.

Flera fönster vette ut mot gången, men de var alla täckta av tunna gardiner. Skuggor rörde sig bakom dem, men det gick inte att se något. Innanför första dörren syntes en vägg målad i grönt och kanten på en byrå, men inget mer. Det fanns inga skyltar som kunde tala om vilken handel som bedrevs i husen.

"Är det någon som bor här?" frågade Gina lågt för att ingen annan skulle höra.

Caroline ryckte på axlarna. "Mamma berättade om området när vi skulle hälsa på mormors syster som bor därborta." Hon pekade mot de höga husen på andra sidan. "Hade hon inte behövt varna oss skulle hon inte sagt så mycket som hon sa."

"Tur det", sa Gina. "Annars hade det kunnat ta lång tid att hitta hit. Husen är konstiga."

"Det finns fler områden med lägre hus", sa Caroline och huttrade till. "Vissa av ämbetsmännen bor i ett av de finare områdena. Andra har förfallit helt."

De hade hunnit en tredjedel in i området. Gardinerna i fönstren rörde på sig. Från huset bredvid dem kom en kvinna ut och ställde sig med armarna i kors. Hon var lika mörkhyad som Gina och lika lång. Caroline tyckte säkert att de var lika, men formen på ansiktet var helt fel. Från andra sidan om dem kom en annan kvinna ut. Hon var blekare än Caroline och håret var ljust. Kvinnan lutade sig mot dörrposten. Vid nästa hus steg en flintskallig man ut och blängde på dem. Dörr efter dörr slogs upp. Människa efter människa steg ut. Alla stirrade på dem.

Gina svalde. Hon torkade sina svettiga handflator mot overallbyxorna. Caroline hade blivit blek. Kvinnan som varit först ut ur dörren, gick nerför farstutrappan och närmade sig dem.

"Ni hör inte hemma här", sa hon. "Vänd om innan ni råkar illa ut."

Gina svalde igen. Trots vinden var hon obehagligt varm.

"Vi har ärende hit", sa hon.

Kvinnan lät blicken glida från Ginas huvud ända ner till skorna.

"Nej", sa hon. "Det har ni inte. Fina flickor ska hålla sig härifrån."

"Jag är ingen fin flicka", sa Gina. "Jag kommer inte att gå härifrån förrän jag får svar på mina frågor. Var ligger adoptionsbyrån?"

En flicka i orange overall tog ett steg fram. De andra närmade sig sakta. Gina vred huvudet mot den flintskalliga mannen. Han var redan framme vid gången.

"Det finns inga svar här", sa kvinnan. "Bara smärta."

Caroline greppade Ginas hand.

"Kom", viskade hon och sneglade mot kvinnan. "Vi kommer inte att få reda på något här."

Gina drog åt sig handen och rynkade ögonbrynen. Den flintskalliga mannen var nästan framme. Han tog upp en svart apparat ur fickan. Gina visste inte vad det var, men han höll den som ett vapen.

"Gå", sa kvinnan igen med blicken fäst på apparaten i mannens hand.

Caroline greppade Ginas hand igen och drog hårt i den riktning de kommit från. Motvilligt lät sig Gina fösas bort. Det var en taktisk reträtt. Hon tänkte inte ge sig. De skulle hitta adoptionsbyrån och finna svaren hon sökte. Kvinnan flyttade på sig så de kom fram. Den flintskalliga mannen stannade. Blickarna följde dem när de lämnade platsen. Caroline sneglade över axeln och fortsatte att dra Gina bort från Marknaden, bort från svaren.

Det rådde en väntande tystnad. Ingen av de femtio ämbetsmännen sa något. Vissa väntade med ett resignerat lugn. De som fortfarande hoppades kunde knappt dölja sin förväntan. Falk stod med armarna i kors vid fönstret. Med sin svarta siluett var han väl medveten om att han stack ut från de andras mer konventionella klädsel. Väntan gjorde honom inget. Det var bara bra om de övriga fick svettas innan ögonblicket var inne.

Mottagningsrummet var det största rummet i byggnaden. Det var rektangulärt med fönster åt norr. Hela östra väggen var täckt av videoskärmar som användes när städernas styrelser behövde mötas. De flesta ämbetsmän stod samlade framför den vita västra väggen. Alla väntade tysta på att rådsordföranden skulle komma in genom dubbeldörrarna från söder.

Falk hade upplevt stunden en gång tidigare i sin vision. En gång till skulle göra allt perfekt. Beslutet skulle väcka uppmärksamhet. Förlorarna som i och för sig inte hade något hopp för egen del skulle ändå bli besvikna. Alla som hade hoppats skulle göra allt i sin makt för att sticka kniven i ryggen på honom. Ingen av dem hade någon chans. Han hade utrotat alla hot. Det fanns inga andra magiker kvar. Den sista hade reduceringsanläggningen tagit hand om. Världen var hans att göra som han ville med. Faderns livsverk skulle snart ligga i spillror.

En låg knäppning hördes och sedan talade rådsordföranden.

Rösten var svag, men hördes ändå in i minsta vrå.

"Till ny chef för ordningspolisen har vi beslutat att utse Falk."

Falk ordnade ansiktet i ett överraskat leende och vände sig om. När han gick genom rummet noterade han de hatfyllda blickar han fick. Wilson knöt nävarna så att knogarna vitnade när Falk passerade. Det var alltid klokt att veta vilka ens fiender var.

Ledaren stod lugnt lutad mot sin käpp. Trots hans skröplighet var blicken skarp och genomträngande. Det var inte lätt att lura den gamle mannen, men snart kunde Falk anklaga honom för senilitet och sakta manövrera bort honom.

Nyckeln till ämbetsrummet landade i handen som tecken på hans värdighet.

"Din närmaste medarbetare är Harold."

Fram steg en ung man med händerna nonchalant i fickorna.

"Tjena", sa han.

Håret var så ljust att det nästan var vitt och räckte ända till axlarna. Mannen räckte bara Falk till nästippen. Det var inte alls den ambitiösa medarbetare Falk hoppats på. Han höjde ögonbrynen. Det familjära tonfallet skulle han snart lära honom av med. Rådsordföranden studerade honom med en värderande blick som fick honom att känna sig obehaglig till mods.

"Tack för den stora äran", sa Falk. "Jag ska se till att ordningspolisen fungerar effektivt."

Ledaren harklade sig. Falk tystnade tvärt.

"Som ytterligare en ynnest", sa den gamle mannen med en röst som bar in i minsta vrå, "ska jag personligen agera som din mentor."

Falk öppnade munnen, men inga av de artiga plattityder som situationen krävde dök upp. När han varit tyst en lång stund log rådsordföranden.

"Jag vet att ni alla vill gratulera Falk till utnämningen."

Han slog ihop händerna i tre kraftiga klappningar. Dörrarna öppnades och in kom tjänstemän med stora tillbringare med algdricka och rågflarn med tofu. Det var knappast traktering som passade för ett sådant här tillfälle. När Falk blev rådsordförande skulle det bli andra rutiner.

Kapitel 4

När David ätit upp groddarna gav han sig i väg. Han klättrade över grushögen som täckte ingången till gården och kom ut i det nya området. Här var husen så höga att ljuset inte trängde ner på de smala gatorna. De var täckta av asfalt som var lagad på flera ställen. Området verkade öde, men han fick en känsla av att vara iakttagen. En lång stund stod han stilla. Det kröp i ryggen som om någon stirrade på honom. Vem kunde det vara? Inte ordningspoliserna, då skulle han ha blivit gripen på fläcken. Kanske var det någon annan elev som också skickats hem och som inte vågade visa sig. Det pirrade i kroppen av spänning vid tanken. Han for runt i hopp om att överraska den som betraktade honom, men han fick inte syn på någon. Efter några misslyckade försök brydde han sig inte. Det var alltför kallt att stå still.

Den här delen av staden kände han väl eftersom han strövat genom området många gånger medan han väntat på att tiden skulle gå och det var dags att gå hem. Husen låg alla öde. Fönsterrutorna var sönderslagna. Putsen flagade i stora mörka fläckar. Här och var fanns resterna av cement som någon försökt laga med. Allt var färgat i en brungrå färg. Det var de sista byggnaderna som byggdes i staden och det var långt innan han själv föddes.

David gned händerna mot armarna för att försöka hålla sig varm. En glimt av orange lyste upp vid husknuten i nästa korsning. Den lockade och drog honom till sig. Det var som ett gummiband runt midjan. När det spänts tillräckligt drogs han i väg, mot den orange fläcken. Det måste vara magi, men tanken sipprade undan. Huvudet fylldes av ett surrande som gjorde det svårt att tänka. Han skyndade, men när han hunnit fram var färgfläcken borta. Han tvekade. Gummibandet kändes fortfarande och han vred på huvudet. Ett kort ögonblick syntes den igen. Den här gången såg han att det var en flicka i en orange overall. Han gick raskare. Det enda som rymdes i huvudet var tvånget att följa efter. Vid nästa knut såg han glimten igen och han skyndade för att hinna ikapp, men hur snabbt han än gick tycktes personen i den orange overallen alltid vara lite kvickare. Han visste att han inte borde följa efter, men han satt fast. När han kom för långt ifrån drogs han emot henne utan att kunna stå emot. Han följde efter den svaga strimman av orange ända tills den var helt försvunnen. Gummibandet släppte och han stannade. Först då insåg han hur långt bort han kommit. Huvudet blev klarare. Saknaden efter tjejen var som ett hål i bröstet. Var han så desperat efter sällskap eller var det magi?

Den här delen av staden kände han inte igen. Han visste inte hur ordningspoliserna patrullerade, men om han kunde undvika dem borde han vara säker. Kanske fanns det andra elever som vandrade omkring. Han började gå samtidigt som han spanade för att inte överrumplas.

Steg närmade sig. David hejdade sig och lyssnade. Stegen var alltför tunga, alltför rytmiska. Han svalde. Det var ordningspoliserna. Han hade kommit för nära deras stråk. Om de fick tag i honom skulle han åka fast. Inga barn var tillåtna att vara på gatan mitt på dagen. Hastigt vände han om och gick bort från stöveltrampet bara för att mötas av andra taktfasta steg. Han svängde in genom en smal gata och ut på en annan väg. Vart han än gick tycktes de ödesdigra stegen närma sig. Fanns de överallt? Trots kylan svettades han. De fick inte se honom!

Han gick snabbare och snabbare. Slutligen smet han in i en smal gränd. Den var fylld med trälårar så han måste klättra för att komma över. Stöveltrampet blev högre. I sista stund dök han ner bakom en trälår. Ordningspoliserna passerade två meter bort. Han drog en djup suck av lättnad. De hade inte sett honom. Försiktigt ålade han förbi trälårarna och kikade ut ur gränden. De hade hunnit tio meter bort. Om de bara inte vände sig om så kunde han klara det.

Han drog ett djupt andetag och gled ut på gatan. Så snabbt och tyst som möjligt gick han åt motsatta hållet, svängde in på en annan väg och äntligen kunde han inte längre höra stegen. Han hade klarat det! Hur han skulle ta sig hem igen ville han inte tänka på.

Gatan öppnade sig och han befann sig vid en mindre sjö med en bro till vänster. Bron stack ut över vattnet och slutade abrupt. Pelarna sträckte sig upp mot himlen och stålvajrarna löpte ner mot bron. Vissa hade lossat och hängde rakt ner. Han bodde i en spökstad. Allt var förfallet.

En gång i tiden kunde man äta fisken som fiskades i sjön. Det gick inte längre. Ändå satt gamla män längs kanten av sjön alldeles under bron med fiskespön i vattnet. De borde vara på arbetet. Ingen tilläts vara sysslolös. Trots det fanns de gamla männen vid sjön likaväl som det fanns fullt med barn på drift i staden. Kanske fanns det något sätt för dem att undvika reduceringsanläggningen när de blev för gamla för att arbeta.

En av de gamla männen reste sig upp. Blicken genomborrade David som en isblå kniv trots avståndet. Mannen lutade fiskespöet mot axeln och med ett sista ögonkast började han gå. Trots att han såg gammal ut gick han med raska steg och försvann snart in bland låga hus på höger sida. Något var märkligt med gubben. David tvekade, men bestämde sig sedan att följa efter. Det var inte samma tvång som när han följt efter tjejen i den orange overallen, men nyfikenheten fick det att pirra i kroppen. Innan han skickats hem från skolan första gången hade han aldrig rört sig mer i staden än från lägenheten till skolan och tillbaka. Popper tillät inga utflykter.

Hur konstigt det än var hade det faktum att han lärt klart gett honom frihet.

Färden gick genom smala gränder och i rask takt. Det var med möda som David lyckades hålla jämna steg. Ett tag trodde han att han tappat bort fiskaren, men han fick se en skymt av spöet som dinglade vid ett hörn innan det försvann.

❧

Gina sparkade till en sten så den smällde in i höghuset bredvid dem. De var dolda från Marknaden, men befann sig bara hundra meter från området. Hon skulle inte ge sig även om Caroline inte ville hjälpa till. Gina skrattade. Det lät konstigt även för henne, men vännen sa inget utan stirrade bara fundersamt bort mot Marknaden.

”Jag borde ha förstått att det inte skulle gå så lätt”, sa Gina och skrattade igen. Den här gången lät det mer naturligt. ”Min hjärna tycks ha stannat efter morgonens upptäckt.”

Caroline vände uppmärksamheten mot henne.

”Du fick en chock”, sa hon och vred huvudet mot området igen. ”Jag tänkte inte på hur mycket vi skulle sticka ut. Våra overaller är specialgjorda för oss. De hade sytt sina själva och vissa hade den allmänna standardoverallen. Skorna var också lappade och lagade, medan våra kanske inte är den senaste modellen men ändå relativt nya.”

En bild med en orange overall dök upp i Ginas huvud.

”Inte tjejen i orange overall”, sa hon. ”De stövlarna skulle jag sälja min själ för att äga.”

Caroline skrattade högt. ”Med den höjden? Du som bara vill ha gymnastikskor.”

”Äga sa jag. Inte bära.”

Bilden av henne själv med böjda knän och höga klackar som snubblade fram fick henne att skratta igen. Caroline hade helt rätt. Gina föredrog rejäla skor som gick att springa i. Tänk

117

en supersnabb magiker som snubblade innan hon fick upp någon fart. Idiotiskt. Caroline blev allvarlig igen.

"Det var Violet", sa hon. "Henne ska vi akta oss för. Det ryktas att hon anmälde sina egna föräldrar."

Gina ryckte till. "Det kan väl ändå inte vara möjligt?"

Caroline ryckte på axlarna och gjorde en grimas.

"Det är vad ryktet säger. Jag vet inget mer än att hennes föräldrar hade bra jobb inom stadens styrelse, men blev anklagade för att vara magiker. De skickades till Omprom och ingen har sett dem sedan dess. De flesta undviker Violet efter det. Jag hade inte förväntat mig att hon besökte Marknaden."

"Hon kanske är oskyldig."

"Kanske, men jag har aldrig litat på henne."

En vindpust fick Carolines hår att flyga i ögonen på henne. Med en otålig gest drog hon undan det. Gina huttrade till. Det var kallt att stå still.

"Bästa sättet var nog inte att promenera in", sa Gina. "Pappa kommer inte berätta något. Han är livrädd för att någon ska få reda på att jag är adopterad. Enligt honom är det livsfarligt. Jag måste ta mig in, men jag vet inte hur."

"Vi spionerar", sa Caroline och sänkte rösten. "Nya kunder måste kunna komma in. Vi får se hur de gör."

Hon höll ut handen och en kikare materialiserade sig i hennes hand. Den var tung när Gina hängde den om halsen. Caroline trollade fram en till. Uppifrån ett av höghusen borde de kunna se ut mot Marknaden. Längre bort stod flera byggnader som såg fallfärdiga ut. De var säkert utrymda. Gina log mot Caroline. Hon var den bästa vän någon kunde ha.

~

Falk kände hur axlarna sjönk ner när spänningen släppte. Äntligen var han ensam. Mottagningsrummet hade varit fyllt med människor som gratulerade honom till hans utnämning. Många av dem hade aldrig tidigare hälsat på honom. De hade själva eftertraktat den prestigefulla titeln. Han var äntligen en maktfaktor. Steg för steg hade han tagit sig närmare toppen. Han var nästan där och ingen svaghet fick synas.

Han vätte fingret och formade mustaschen så att den låg perfekt. Det behövdes tid för att tänka igenom situationen. Rådsordföranden var fortfarande en alltför stor maktfaktor för att enkelt kunna raderas. Det blev allt tydligare att han behövde vapnet Kimya. Med det i sin hand skulle ingen kunna hota honom.

Det var skönt med lugnet efter allt sorl. Hans nya arbetsrum låg högst upp i tornet med fönster åt både norr och öster. Åt norr kunde han se över den vidsträckta sjön. Åt öster låg det stora torget och bortanför sträckte staden ut sig. På det här avståndet såg den välhållen ut. Inga brister syntes. Ämbetsrummet var kalt. Där fanns bara ett stort skrivbord i stål med en glasskiva. Väggarna var helt vita och golvet var täckt av den förhatliga blåa mattan. Det skulle han ändra så snabbt som möjligt. Trä var bättre. Det var mycket dyrare, men det var han värd.

Sjön var lika mörk som himlen ovanför. Vinden fick vågorna att slå högt över kajkanten. Något blänkte till mitt i sjön. Med blicken flög han över sjön och närmade sig området. Ytan var alldeles blank och kolsvart. En ny framtidsvision. Bilden tonade fram.

Han såg hur väggen i ett rum öppnade sig och en pojke klev in. Han hade brunt hår som stod åt alla håll och ljusbruna ögon. Ansiktet var täckt av fräknar och ögonen var egendomligt intensiva. Han verkade titta långt bort och ett uttryck av häpnad bredde ut sig över ansiktet. Lågt viskade han:

"Är det Kimya?"

Falk flämtade till och vek sig dubbel. Den häftiga tidsresan gjorde honom illamående. Pojken skulle hitta Kimya. Vapnet innebar makt att förgöra allt som stod i vägen. Inget barn borde få en sådan makt. Det var hans. Han hade kämpat för hårt för att ge upp nu. Pojken måste stoppas.

Kapitel 5

David kom ut på ett vindpinat torg. Fiskaren var försvunnen. Blicken fångades av ett hus i rött tegel på andra sidan. Fönstren var spetsiga och tornen hade trappstegskanter. Häftigt! Han hade aldrig sett ett liknande hus förut.

Nyfikenheten fick honom att glömma kylan och drog honom över torget. Fönstren var fyllda av gamla böcker. *Bokhandel* stod det med svarta bokstäver. Framför hans ögon lyste en gul bok mot honom. Titeln var *Förflytta saker med tanken*. Strupen drogs samman. Boken handlade om magi, om magi som han kunde utföra. Den handlade om det som var hemligt och förbjudet. Önskan att läsa fick det att pirra i hela kroppen som algdricka som stått framme för länge. Han sträckte handen mot den, men glaset tog emot. Han hade aldrig sett riktiga böcker i verkligheten förut.

Innan David hann tänka efter hade han gått in. En klocka som hängde på dörren klingade. Affären var fylld av höga bokhyllor packade med böcker i alla färger och storlekar. Framme vid disken låg nyhetsförmedlare, men annars fanns bara böcker överallt. En gammal man med ljusbrunt hår som övergått i grått och vitt på sina ställen kom fram till honom. Håret som räckte nedanför käkbenet var ganska tunt.

"Välkommen", sa den gamle mannen. "Jag är Stefan. Vill du ha dagens nyheter?"

"Nej tack", svarade David medan ögonen svepte längs väggarna.

Det hängde ett fotografi på väggen med ett vanligt

tvåvåningshus. Med stora bokstäver stod det *Officiell försäljning av nyheter* och framför stod Stefan.

"Vad är det för hus?" frågade David.

Stefan bet sig i läppen och såg på honom med ögon som var blekt grå och pekade nedåt på yttersidan. Efter en kort stund skakade han lätt på huvudet innan han svarade:

"Det är det här huset."

"Det är det inte alls", sa David innan han hann hejda sig. "Det här huset är av tegel och har tinnar, torn och spetsiga fönster."

Stefan svarade honom inte. Det var ovanligt tyst i huset. Vinden hördes inte alls. Ingen luftkonditionering surrade. David försökte se vad det stod på bokryggarna i bokhyllorna, men det var för långt avstånd. Han ville läsa, men Stefan stod i vägen och han ville inte knuffa undan den gamle mannen.

"Kan du beskriva det här rummet?" frågade Stefan.

Det var en konstig fråga. Ändå rabblade David vad han såg: en disk med nyhetsförmedlare, bokhyllor fyllda med böcker och en spiraltrappa upp till nästa våning.

"Du har magiska förmågor."

David ryckte till. Magen drog ihop sig till en hård knut. Han skulle bli anmäld och skickad till Omprom. Ingen återvände därifrån. Han knöt händerna. Om han slog till Stefan så skulle han kanske komma undan. Innan han hann agera fortsatte Stefan:

"Var inte orolig. Jag är också magiker. Det är på det sättet jag får bokhandeln att se ut som något annat."

David slappnade av. Det förklarade känslan bokhandeln gav honom. Den var hemtam, men ändå annorlunda.

"Vad heter du?", sa Stefan.

"David."

"Jaså, det är du som är David." Stefan betraktade honom. Efter en stunds tystnad fortsatte han: "Du är inte ensam om att ha magiska förmågor. Det finns fler än du kan ana."

Mot sin vilja blev David intresserad.

”Om vi är flera, varför känner jag ingen annan?”

”Det gör du antagligen, men alla döljer det. Du vet själv vad som händer med dem som avslöjas. Förföljelsen har pågått länge, men den blev värre för femton år sedan.”

Mannen flyttade på en av nyhetsförmedlarna innan han fortsatte.

”Det föds allt fler magiker och jag tror det finns ett stort antal som döljer det. Numera finns det ingen som öppet erkänner sin magi. Det är farligt att kämpa för att magin ska erkännas och det verkar som om allt mod försvunnit. Den man som var mest aktiv att förfölja oss magiker var Falk och jag har hört att han har en ännu högre befattning nu.”

Stefan avbröt sig och log mot honom.

”Men jag förstår att du inte kommit hit för att höra mig tjata om gamla tider. Det är böckerna du är intresserad av. Titta runt och se vad du hittar.”

Det var hemtrevligt i bokhandeln. Blåsten och kylan kändes långt borta. Golven var täckta av röda mattor med slingriga mönster. Turkiska mattor kallade Stefan dem. De fångade upp ljuden och gjorde att stegen inte hördes. I början skrämde det David när Stefan dök upp utan att han hört honom komma. Snart vande han sig och ryckte inte längre till när han upptäckte den gamle mannen bredvid sig.

Vill du läsa mer om David, Gina och Falk?

Köp boken Kimya!
Den finns både som tryckt bok och som e-bok hos alla nätbutiker.

Prenumerera på Evas funderingar

Prenumerera och få Attentaten i Gallus gratis

Matilda råkar drömförflytta sig till en värld där människorna lever som slavar åt ett bevingat folk som kallar sig gallus. Där måste kapten Fidesko i Gallus Flygvapen ta reda på vad som hänt med de slavar som försvunnit. Samtidigt får rövarpojken Sticke i uppdrag att spionera på slavarnas motståndsrörelse.

Konflikten mellan människorna och gallus förvärras snabbt medan Matilda kämpar för att lyckas ta sig hem. Under tiden försvinner fler människor och det blir alltmer uppenbart att allt inte är som det först verkade.

"Gallus mystiska och spännande värld lockade mig till sträckläsning där jag sögs in i äventyret tillsammans med Matilda och hennes vänner." – Bokhuset

Eva Holmquist

Eva Holmquist är en vetgirig bokmal som skriver fantasy, science fiction och skräck. Hon är uppvuxen i Pixbo utanför Göteborg, men bor numera i Jönköping.

Hennes berättelser brukar beskrivas som fantasifulla, tänkvärda berättelser med berättarglädje. Hon skriver både noveller och längre berättelser.

Du kan hitta mer om hennes böcker och noveller på evaholmquist.se.

"Jag vill läsa ALLT av författaren, njuta av språket, de unika miljöerna, udda karaktärerna och den oändliga fantasin som förändras för varje ny bok."

Kim Kimselius fantasyförfattare.

Ordspira Förlag

Ordspira Förlag startades 2012 och ger ut böcker och noveller inom fantasy, skräck och science fiction. Förlagets slogan "Gränslösa äventyr" står för att de böcker som ges ut är fantastik med äventyr som spränger gränserna. Det är fantasifulla, tänkvärda berättelser med berättarglädje.

Tack!